思想觀念的帶動者

文化現象的觀察者

本土經驗的整理者

生命故事的關懷者

心靈工坊 PsyGarden

STORY

在奔馳的想像中尋找情感的歸屬
在迷離的經驗中仰望生命的出口
在波動的人性中釐定掙扎的路徑
在卑微的靈魂中趨近深處的起落

◆

雅努什・柯札克
Janusz Korczak
——著——

麥提國王在無人島
Król Maciuś na wyspie bezludnej

林蔚昀
——譯——

目錄

如果有一天，你是孩子國的國王

．翁士恆／國立東華大學諮商與臨床心理學系助理教授、英國愛丁堡大學諮商與心理治療博士

如果有一天，一覺醒來，你是孩子國的國王，你要管理所有的小朋友。你會怎麼管理？這個國家裡，有各式各樣的孩子，他們都有著自己的聰明才智，也珍惜著自己擁有的東西，也有著自己的慾望，當然，所有好的與壞的都在你所管轄的孩子的身上與心裡……你會怎麼做？

噢，你已經是一個大人了，那很抱歉，你可能會很「用力」的「管」孩子，為了讓你的孩子「長大」（或是像你一樣成熟，不會犯下幼稚的錯誤），你會要孩子有秩序，要好好管理時間，好好生活。這樣才能應付你的世界的複雜，而你的世界，是每個孩子長大了都要面對的世界。所以你也有很多「為孩子好」的規定，這一切，都是為了讓孩子能夠面對「真實」的世界！

還是，你覺得你一樣是個孩子，你覺得享樂是很重要的，要一起享樂，然後從好玩中找到規則，從美好的經驗中學習擁有，從失落中得到珍惜。你想和孩子一起，從信任中擁有這段關係。不管孩子可能多失控，你都相信你有能力和孩子站在一起，即使爆烈的時候你們共同生存的

空間已經彷彿像廢墟一般？

等等！你說什麼？你說孩子的年代太久遠，你早就忘記你小時候的樣子了。什麼？你做了那麼多瘋狂的事，你嘴巴說很糟糕，可是我怎麼看到你的嘴角在偷笑？

如果你是孩子國的國王，你會讓自己在你生命軸線的哪一個位置與你的國民相處？那時候，你多大？你會用那時候的你的什麼經驗，去面對孩子們的面容？

你會是暴君嗎？還是你很有把握，讓孩子國是一個笑笑臉的國度？

這本書的主角，麥提國王，被流放到了無人島，他千方百計的終於回到自己的國度，在這過程之中，他有著無比堅定的信念想要讓孩子國的孩子有自己所擁有的權利，因為那是最核心的價值，是他最想要做的事。他說「我想當孩子的國王……但是我對小小孩一無所知。我忘了我小時候是什麼樣子。大人們也一定什麼都忘了，這是為什麼他們不想給小孩權利。」

而人們的遺忘造成了暴力，大人面對孩子所理所當然的態度，也是這個社會的主流價值面對弱勢的態度。更精確的說，當「理所當然」沒有了生活世界的經驗與情感，就成為凌駕其上，以支配作為秩序工具的極端暴力。

而孩子的世界裡，有著無比的彈性，來自於他們的想像力。在他們想像力的世界裡，復活與修復，永遠是一個讓不可逆的結果得以質變與逆轉的可能反應。這讓他們世界的豐富不亞於成人世界。死亡不一定有著血腥味，可以透過想像力，讓遊戲中的死亡再生，意義是彩色的，可以一次又一次的重新歸位。當然，洗掉與重來，也是一個重新成長與學習的過程。

孩子用著無與倫比的修復力去修復暴力創傷，是天生的修復者。當然很有可能還是修復不了。但是大人面對小孩，用自己的秩序觀看著小孩的失序，總是累積著腦神經綳斷的能量，很難可以回過頭，去省思自己的習以為常與理所當然所製造的暴力？

再問一次，如果有一天你做了孩子國的國王，你會怎麼做？

約莫在一百多年前的波蘭，有一個醫生爺爺，深深的相信孩子們能夠自己為自己做決定，能做自己行為的主人，他收容了一百四十位的孤兒，在他所開設的孤兒院裡頭，讓孩子們閱讀自己的文章集結而成的報紙，有著孩子自己組成議會制定規則，也有「同伴法庭」審理疑難雜事，法庭的核心價值是「原諒」，重點要讓每一個孩子都有重新來過的機會。戰爭爆發，這個孤兒院的孩子都被送到了集中營，醫生爺爺也是，他們穿著最喜歡的衣服，帶著自己最愛的玩具，走到了集中營的行列。雖然然後他們喪失了生命，他們擁有著彼此走向死亡。

這位醫生爺爺就是這本書的作者雅努什・柯札克。而死亡是這本書最為沉重又意義深遠的議題。怎麼面對死亡的權利？那是什麼？是這本書不斷的衝擊讀者的浪花，一波波的撼動著「大人」這個位置的立足之地。

我們現在的世界的孩子，有著各種不同活著的樣貌，這裡的「活著」，不只是智能身心健康的孩子，也包括著有著障礙，無法言語，甚至終身無法溝通的孩子。大人的世界裡，用著藥物、管教與制度建立了一個「福利」社會，也隔離出了不同的階層與族群。倘若，我們能重新思考孩子生活的規則，得到快樂與意義的條件，我們是否可能創造出一個「一起」的世界，讓隔閡少一些，融合多一點？孩子之間，可以自然的用他們的語言去理解彼此？

這也是這本書對讀者的質問，如果有一天，你是孩子國的國王，你要怎麼找到路，將你自己重新變回孩子，讓孩子們都有自己的樣子？

你多久，沒有變成孩子了？

一個關於初衷的提醒

・林蔚昀／作家．本書譯者

《麥提國王在無人島》是《麥提國王執政記》的續集，講述少年國王麥提在改革失敗、國家被三個敵國瓜分後，被流放到無人島，後來又歷劫歸來，拯救了國家的故事。根據麥提所在地的不同，這本書可以分成七個階段：監獄、逃亡、無人島、礦坑（勞改營）、學校、回到王宮重新成為國王、放棄王位去工廠。在每個階段，麥提都會遇到一些新的人事物，學到一些新的東西，歷經到一段新的自我辯證和成長，彷彿小王子在不同的星球間遊歷，遇見不同星球上的人事物（有人認為麥提國王的故事受到《小王子》（***Le Petit prince***）的影響，但麥提國王的寫作時間其實比《小王子》早二十年）。

然而，麥提不像小王子是來自外星的王子，他沒有超能力，也不像彼得潘（Peter Pan）或哈利波特（Harry Potter）一樣有魔法，因此，他在人間的流浪注定是一條充滿血淚和沙礫的天堂路。他如果受傷了，不會念個咒語就會好，他如果想要獲得知識與能力，也得自己看書、提問、觀察，在失敗中學習。

「失敗」及「面對失敗」是本書的主旨。談到失敗，大家會想到趕快站起來，彷彿失敗的目的就是為了成功，有了成功，就可以把失敗用立可白塗掉，或乾脆鍍金裱框示眾。然而，失敗真的是那麼糟的東西，讓人避之唯恐不及，碰上了就要用光速逃離？這麼快逃離，會不會下一次也用光速回到失敗身邊呢？失敗除了讓我們難過，是不是也可以給予我們一些東西，比如反省、沉思、休息，甚至學習的動力？

柯札克沒有讓《麥提國王在無人島》成為一個「成功之母」的故事，相反地，他花了非常多的篇幅在描繪麥提在改革失敗後經歷到的各種失望、失意、失落、憂鬱……麥提差一點就可以不去無人島，差一點就可以奪回自己的國家（因為他的對手——年輕的國王——實在是太白目太惹人厭了，他雖然打了勝仗，卻在國際會議中讓自己成為公敵），但這時候，麥提說：「我已經什麼都不想要了，什麼都不想。」還問：「我要這勝利幹嘛？」

雖然憂鬱的國王勸麥提忍耐，要他不要放下自己的改革，以及對孩子們的承諾……麥提卻堅持自我放逐，到無人島上與世隔絕。麥提的行為看似令人無法理解，但只要想想我們面對失敗、挫折的反應，就說得通了。是啊，我們在跌倒、遇到挫敗時都想躲起來，什麼人都不想見，什麼話都不想聽，只想好好傷心。我們會有低潮，這低潮可能持續一兩天、一個星期、一個月、一年……我們的失敗可能是考試失利、被公司裁員、和親友有誤會，而麥提則是被他相信的人背叛（不只大人，還有小孩；不只大臣，還有他的好友），自己也犯了許多錯，失去了國家，讓許多無辜的人喪生。他怎麼能不對別人、對自己失望呢？

「對大人失望、發現大人也是凡人」是童年的結束，但童年的結束不一定是成長的開始。要真正邁向成長，必須做許多辛苦的工作，這也包括反省自己的失敗，努力思索下一次怎麼做會更好。麥提在無人島上並非無所事事，不用再操煩國事，他學游泳、駕船、探索島嶼，到鄰近的島嶼去給住在那邊的小孩上課，和自己對話，和看守他的士兵及青少年交談，認識身邊的大人和自己，發現原來大家都是生命的囚徒。

麥提原本打算隱居，但是因為黑人與白人的戰爭持續，克魯—克魯率領黑人孩子上戰場，麥提於是離開無人島，為黑人孩童向白人國王請命，也讓自己被捲入更多紛擾中……在歷經了一連串磨難和逃亡後，麥提體悟到，人不能完全和他人斬斷關係，即使他想要遺世獨立，世界的紛擾及混亂還是會找到他。當戰爭再次爆發，麥提決心這次一定要拯救自己的國家，於是他重新成為國王（這一次，是真正成為一名成熟的國王了，不只是繼承父親的王位），打算用和平的手段而非戰爭來拯救國家。

《麥提國王在無人島》不是一個傳統典型勵志、療癒的故事，相反地，它非常殘酷、寫實。善良的麥提遇到許多來自大人的不公不義的對待，許多悲劇的發生並不是他的錯，許多他犯的錯來自沒有經驗，因為他必須在長大成人之前就長大，擔起他原本不該擔負的責任。在現實世界中，這種事是可能發生的，許多孩子在來不及長大、來不及有選擇權之前，就被迫踏入成人世界，有些人倖存下來了，有些人則誤入歧途。

柯札克書寫這些人的故事，讓讀者看到：「生命就是一座監獄。」「沒有人戴著手銬出生，直到人們把鐵鍊加在你身上。」如果，《麥提國王執政記》把重點放在兒童的權利、大人對兒童的壓迫，《麥提國王在無人島》就把主旨擴充為：「人類如何能得到更好的對待？」所有受壓迫的人都像兒童一樣無力，因此爭取兒童權利時，不能忘記其他受壓迫的人，而爭取受壓迫者的權利時，也不該忘了兒童。

如果《麥提國王執政記》是麥提往外挑戰、改變世界的嘗試，《麥提國王在無人島》就是他往內看、探索內在心靈、最終和自己和解的旅程。《麥提國王執政記》讓我們看到追逐理想很容易，成功甚至也不那麼難，只是在人生路途上總是埋伏著失敗。如何面對失敗？如何在失敗後再站起來？這些事，父母、老師、學校和大師都不會教我們。父母老師希望我們過平順的人生，無病無痛。

市面上充滿了教人如何追夢、成功、過一份「好」人生的書，但是關於如何收拾搞得一場糊塗的人生的書籍，卻是那麼地少。就算有，也多半只是喊喊勵志口號，鮮少教導我們如何真正面對失敗，甚至擁抱失敗。

《麥提國王在無人島》很完整地呈現了柯札克對成長、成熟、以及社會改革的理念。成熟的人和成熟的改革不應是浪漫、天真的理念，而是在認識到現實的侷限及殘酷後，還能繼續嘗試、努力。成熟的人會為自己的生命負責，成熟的改革也需要成熟、負責任的公民，兩者都不會寄望一個救世主來改變世界。雖然在《麥提國王執政記》中，麥提說：「我想成為全世界孩子的國王。」但在《麥提國王在無人島》中的麥提卻不想成為任何人的救世主，因為他知道，每個人必須為自己負責。這個「不救世的救世主」也在對本書的讀者傳達這樣的理念：「你們要為自己和自己的社會負起責任，沒有人會來拯救、或像父母一樣照顧你們，只有自己爭取到的，才真正屬於你們。」

於是，麥提拒絕王位的行動具有非凡的意義，這個手勢表示：「現在大家都要為國家和自己負責了，而不是依賴領導人。」但是，真的每個人都想要為國家、為自己負責嗎？真的每個人都像麥提一樣，有自覺地準備好迎接一份成人生活、一個民主國家了？再一次，柯札克沒有給我們一個蓋棺論定的答案。小說在最後來了一個令人意想不到的轉折（為了不破壞閱讀樂趣，在此不詳述到底是什麼轉折）。

雖然結局乍看令人驚訝困惑，但仔細想想，它也很真實，畢竟現在成功了，不代表未來不會有失敗，happy ending 永遠只是目前的 happy ending。不幸、不負責的人、動蕩不安的事件總是在角落伺機而動，隨時可能搗毀前人的努力以及好不容易建立起來的幸福。

但是，就因為會失敗，就不再努力了嗎？不。即使負責的成年生活和民主的歷程總是進一步退兩步，還是要繼續努力往前，不能因此賴在地上不走了。對我們這些世故、被現實所逼不得不低頭、不相信奇蹟的大人來說，麥提是一個關於初衷的提醒。他告訴我們：曾經，在我們小時候，我們也相信一個更好、更良善的世界，並且準備好為它努力，即使會遭遇到挫折與失敗，也不輕言放棄。

1.

喔，麥提在監獄裡過得真糟啊。

老實說也沒有很糟，只是很擠，很擠而且很無聊。

如果被關在監獄裡的人之後會被槍決，那他根本不會覺得無聊，但麥提是要被流放。

麥提是一名被俘虜的國王，他打輸了戰爭，就像拿破崙一樣，要被流放到無人島。

而他現在正在等待。

他們本來一星期後就要把他送到無人島，現在都過了三個星期了，還是一點動靜都沒有。

原因是：三位俘虜他的國王無法達成任何協議。年輕的國王毫不掩飾他對麥提的恨意，渴望把他除之而後快。憂鬱的國王現在已經不害怕承認自己是麥提的好友。因此最後的決定權就落在對此議題漠不關心的第二位國王（也就是有黃種人朋友的國王）身上。

有黃種人朋友的國王說，事情應該要這樣處理：我們應該讓麥提平靜地生活，但是不能讓他來干擾國際事務，也不能讓他逃跑。

所以不能把麥提送到馬拉島上，因為那裡有沼澤，還有黃熱病與天花。不能把麥提送到魯克島上，因為離陸地太近了，黑人國王們可能會去營救他。最後他們舉辦了懸賞，也就是說，他們在全世界所有的報紙上都登了一個像這樣的廣告：

若是有哪位地理老師可以告訴我們，哪個島嶼對麥提來說是最好的，就能獲得重賞。我們會提供一個月的時間，請寫信告訴我們，這個島在哪裡，還有你為什麼覺得要送麥提去那裡。

回覆的信件一封接一封到來。國王們把世界地圖掛在牆上，把他們喜歡的島嶼用一個個小旗子標示出來。

在此同時，邦．德魯瑪和幾個沒那麼重要的黑人及黃種人國王來了，康帕涅拉女王和五個假裝也有重要意見想發表的白人國王也來了。

會議在許多重要的城市召開，因為國王們都很驕傲，他們說：「如果他們想開會，就讓他們來我的城市開，我才不要讓人覺得他們是在施捨我，才讓我加入呢。」

而且，每個國王也都想到別的國家去看看。

於是，他們在一個海邊的小鎮開了兩次會，然後在一個山上的大城市開會，然後又去了一個有全世界最好喝啤酒的城市開會，之後又在一個溫暖的城市開了會。每個國王都帶了幾個大臣，每個大臣都帶了幾個秘書，每個秘書都帶了幾個女打字員，她們把國王們說的話都打了下來，做成會議記錄。

在此同時，麥提在自己的監獄裡等待。

如果有報紙可以讀就好了，如果麥提知道，人們依然在談論他、寫關於他的事就好了。這總會比現在，當他認為所有人都忘了他，來得好。

邦．德魯瑪很想見麥提，但他怕別人發現，於是他甚至裝出生氣的樣子。

「麥提從我這裡騙了那麼多金子。」邦．德魯瑪控訴：「他答應要教導我們的黑人孩子。而現在呢？一半的孩子都死在戰爭中了，另一半的則被關在俘虜營，連我可憐的克魯—克魯都被關了起來。」

邦．德魯瑪想要用翻筋斗來表達他的憂傷，但他想起，他已經不是野蠻人了，所以他只是用手擦了擦眼睛，假裝在哭。

「如果您想要釋放克魯—克魯公主，我們可以在明天的會議上討論。」年輕的國王諂媚地對邦．德魯瑪說。

「不。」邦．德魯瑪淚眼汪汪地說：「你們有這麼多事情要處理，不用浪費時間來管那個做事不經過大腦的女孩。」

邦・德魯瑪知道，如果你要對白人說憂傷的事，你絕對要哭出來。所以他隨身攜帶一個裝著阿摩尼亞的小瓶子，需要感動的時候就拿出來聞一聞，因為阿摩尼亞、芥末和洋蔥可以很快地讓人流淚。

所幸，在第二十四場會議上，國王們會做出最終的決定，決議把麥提送去哪裡。會議將在康帕涅拉女王的宮殿召開。因為麥提的緣故，在康帕涅拉女王的國家，孩子們帶著綠旗子上街，進行了第一場真正由兒童發起的抗爭。[1]

康帕涅拉女王很漂亮，她的丈夫在三月過世，她沒有孩子。她的宮殿位於一座長滿了橘子樹的花園裡，旁邊還有一座美麗的湖。

三名穿著黑色長袍的地理老師來參加會議，他們建議的島嶼獲得最多人的喜愛，國王們會在這場會議中從三個島嶼中挑一個給麥提。

「我的島在這裡。」第一個地理老師說。

他用一根棍子指著地圖，但是大家只看到海，沒看到任何島嶼。

「各位國王，你們一定會覺得奇怪，為什麼這座島不在地圖上？我立刻向你們解釋。在地圖上只會畫出大型的島嶼，如果要畫所有的島，就會放不下。在地圖上即使只有一個小點，也表示這個島很大。我的小島只有三公里長，是非常小的一個島，這表示要看守麥提十分容易。那裡沒有高大的樹木，也幾乎沒有植物，只有一點點草和灌木。島上完全無人居住，離陸地非常遙遠。

那裡環境良好，幾乎沒有冬天，只要蓋個木頭小屋給麥提和守衛居住就好。可以一個月送一次食物過去，其餘時間就讓他在那裡待著。」

幸好，邦．德魯瑪是黑人。如果他的皮膚不是黑的，他現在就會看起來面如死灰，然後每個人都會知道，這個島嶼有多讓他恐懼。

「這座島叫什麼？」年輕的國王問。

「我這就告訴您。這座島是在一七五〇年由一個叫做唐．帕卓的旅行者發現的，暴風雨把他的船吹毀了，他費盡千辛萬苦上了岸，接下來二十年都住在那裡，直到一艘海盜船發現了他。唐．帕卓假裝想要當海盜，他留著大鬍子，看起來也真的非常像，於是海盜們收留了他。他當了四年的海盜，最後終於成功逃脫，後來，他把這座島命名為『絕望島』。所有的一切都寫在一本厚厚的書裡，我敢肯定，這本書除了我，沒有一個地理老師讀過。」

「我的島，」第二個地理老師說：「有一個缺點：它離陸地有點近。但是它的優點是，附近的小島上有座燈塔。有霧或夜晚的時候，只要燈塔點亮，所有的一切都可以看得清清楚楚。在島的南端有岩石，岩石旁有一塊森林裡的小空地，小空地上有一棟屋子，可以給麥提住。這座小島

1 請見《麥提國王執政記》p.294。

上以前住著愛好和平的黑人，當白人發現這座島，就在島上建了學校。白人教黑人禱告、抽煙斗，而黑人則給白人菸草，用來換香草、肉桂和金絲雀。五年後，一個商人甚至蓋了商店。本來一切都會很好的，只是商人的孩子們得了麻疹。麻疹對白人來說不會很危險，但所有的黑人孩子都因此病死了，而大人們也死了很多，只剩下不到一百人。就算現在島上有黑人，那也很少，而且他們都住在島的西側，住在森林裡，因為他們要逃離白人的麻疹、商店和學校。」

「這個島在哪？」憂鬱的國王問。

「這裡。」地理老師用棍子指指地圖。

突然，邦・德魯瑪從椅子上一躍而起，往桌子上重重敲了一拳。

「我不同意！」他大吼：「這個島離陸地太近了，而陸地上住著黑人。麥提一定會逃離這座島，然後煽動我們的孩子去革命。可惡，氣死人了，你們到底知不知道自己在想什麼呀！」

國王們都很生氣，覺得受到了污辱。

康帕涅拉女王甚至因為驚嚇過度而差點昏倒，地理老師也嚇得扔下了手中的棍子，因為邦・德魯瑪還想要撲到他身上去，年輕的國王好不容易才拉住他。

「冷靜點，我的黑人好朋友，我們還沒有要動你的島。你不要的話，我們就不會動它，這世上難道就只有這座島？」

但是稍晚，當白人國王們私下在長滿橘子樹的花園密會，他們卻有志一同地決定要把麥提送到這座島，因為要讓，邦・德魯瑪不高興（可能也有一點想要讓年輕的國王不高興）。

「如果我們要聽那個粗魯野蠻人的話，那就太蠢了。搞不好他還真的以為我們怕他啊？如果有守衛看守，燈塔也一直照耀，麥提是要怎麼逃跑？」

「他只是個孩子。」康帕涅拉女王說：「應該要給他一點樹、草地、鳥兒的歌聲。雖然麥提傷害了我，但我原諒他。」

「女王，您高貴的心靈讓我們深受感動。」瑪爾陶的國王說，他一向以彬彬有禮聞名。

「當然。」年輕的國王插嘴：「但在尊敬女王高貴心靈的同時，我們在做政治決策時，最重要的是憑藉理智與小心謹慎。」

「但他只是個孩子。」女王重複，給了年輕的國王兩顆血橙和七顆椰棗。

「所有的一切都指出，我們應該選這座島嶼作為流放麥提的島嶼。」有黃種人朋友的國王說：「因為靠近陸地，運送食物會比較方便，除此之外，這裡的海洋也平靜無浪。我們不需要蓋任何東西，因為麥提可以住在以前的校舍。我們也別庸人自擾了吧：如果麥提嘗試逃跑，他會被野獸吃掉，他也不懂黑人的語言，要如何和他們溝通？所以，不只是女王的高貴心靈要我們把麥提送到這座島，即使從理智和小心謹慎的角度來看，也是如此。」

年輕的國王一言不發，只是吃著椰棗，擔憂地想著：「這下子我得好好安撫邦・德魯瑪了。」

◇◇◇

麥提在監獄的中庭散步。四周一無所有，只有紅色的高牆。中庭的中央有一棵老胡桃樹，本來還有更多的，但是它們離牆太近了。九年前，一個知名的大盜爬樹越獄，警察找了他好久。後來，樹就被砍掉了，現在只留下十二個光禿禿的樹幹，這使得中庭看起來更加陰森。

散步持續半小時。在麥提前方有兩個荷槍的士兵，在他後方也有兩個，左右兩邊各有三名士兵，都亮著長劍。麥提看著地面，數著自己的步伐。

「一、二、三、四、五、六、七……」

一趟走完是一百二十小步，或是八十步大步。走到胡桃樹要七十步，從樹走到牆要五十步。每走十步，麥提就會抬起頭看樹。

因為還有什麼好看的？有時候他會在走路時閉上眼，只有要看樹時才會睜開。有時候他會一步小步，一步大步這樣輪流走。有時候他會十步用腳尖走，十步用腳跟走。他竭盡所能，讓這無聊的獄中散步變得不那麼無聊。他常想要用單腳跳著走，他有時候會真的跳，但只有當他在單人牢房，當他確定沒有人看到的時候才會跳。

如果他是個普通的囚犯，他會比較好過，但既然他是被監禁的國王，他就更要維護自己的尊嚴，因為敵人想要剝奪他的尊嚴。

「第二一一號囚犯，立刻到監獄辦公室！」典獄長透過裝了柵欄的窗戶叫他。

麥提抖了一下，那是他的號碼。但是他假裝什麼事都沒發生，繼續走著。

「尊貴的國王，請您到監獄辦公室。」一個老守衛兵對他說。

上頭下了命令，要在對麥提說話時稱呼他為國王，不然他就什麼也不聽，也不會回答。所以他們稱麥提為「第二一一號囚犯」，但在對他說話時則說「尊貴的國王」。

「到辦公室。」

麥提看了一眼胡桃樹，轉過身，皺起眉頭，背著手，刻意小步走，彷彿一點都不急。終於到了，他等著。然而，他的腳在抖，心也砰砰跳著。

「尊貴的國王，請坐。」典獄長彬彬有禮地說，甚至給了麥提一張椅子。

麥提馬上猜到，有不尋常的事要發生了。他學會留意最小的細節，學會解讀各種人的想法。他學會了，有時候人們說的是一套，做的又是另一套。

他冷冷地移開典獄長給他的椅子。

國王歐瑞斯特斯二世和一個穿著黑色天鵝絨連衣裙的美麗女士走進辦公室。歐瑞斯特斯二世曾經在麥提宴請各國國王時，來他的國家作客。麥提是看到他胸前的大半月勳章而認出他來的，那是麥提看過最大的勳章。

「我是康帕涅拉女王。」穿黑衣的女士說。

「我是第二二一號囚犯。」麥提酸楚地說，他直視女王的雙眼，隨隨便便地把身體靠在椅子的扶手上。

「喔不。」女王簡單明瞭地回答：「對我來說您永遠是改革者麥提國王一世，您是一位善良的兒童守護者，也是勇敢的騎士。」

她伸出手，麥提滿懷敬意地吻了她的手。歐瑞斯特斯二世也想和麥提打招呼，但麥提驕傲地挺起身，沒有伸出手。

「我是一個囚犯，我沒有任何勳章。」他說，狠狠地瞪著歐瑞斯特二世。

典獄長想要打圓場，化解眼前尷尬的氣氛（士兵和官員都看到了），於是把所有人請到了自己家的客廳。

麥提看著地毯、昂貴的家具、窗邊的花，不引人注意地微笑了，但是女王看到了他痛苦的微笑。

覺得受辱的歐瑞斯特斯二世坐了下來，翻開桌上一本裝幀精緻的書，瀏覽裡面的圖片。

麥提很生氣，非常生氣。這客廳讓他憤怒，典獄長讓他憤怒，花、地毯、鋼琴、沉默的女王以及她看他的眼神，都讓他憤怒。而最讓他生氣的，就是歐瑞斯特斯二世和他胸前的大半月勳章。

「他會因為我沒和他握手，而想和我決鬥嗎？」麥提想。

後來，當麥提回想這次會面，他明白了他為何憤怒。在長時間的孤獨囚禁後，麥提期待看到憂鬱的國王。當他在典獄長的客廳裡看到鋼琴，他彷彿看到憂鬱的國王就活生生地站在他眼前，而他耳畔則響起最憂鬱的旋律。「沒有人有資格來這裡。康帕涅拉女王是一回事，一個不重要小國的小國王，又是另一回事。」

麥提要和歐瑞斯特斯二世說什麼，他才會明白，他根本沒必要來管麥提的事？

麥提其實有好多話想說，但是他怕他會一不小心說錯話。他想起宮廷司儀，他總是會在對的時間做對的事，讓一切井井有條。那麼現在應該要做什麼？女王在看他，歐瑞斯特斯二世在看書，典獄長呆若木雞地站著，而這一切根本沒有要結束的跡象。

「也許我叫人送茶水來，或是咖啡加鮮奶油？我有很美味的手工蛋糕。」典獄長說，但他說完就後悔了。

「您瘋了嗎？」麥提大吼，他的眼睛看起來都在噴火了。「難道我在您的監獄裡腐爛了一個月，就是為了來您這裡吃蛋糕？我想要知道，我的敵人們決定要如何處置我。我要求你們立刻把我送到無人島。如果我早知道，我必須在監獄裡等好幾個星期，我就不會接受特赦。我原本想要在野獸的籠子裡戰死，是他們用卑鄙的手段把我抓住。我要求看到正式的文件，還要有蓋章。」

突然，麥提抓起一個漂亮的瓷器花瓶，狠狠地敲向桌子，就敲在歐瑞斯特斯二世看的那本書旁邊。花瓶碎成許多小碎片，麥提的手也流血了。歐瑞斯特斯二世從椅子上彈起來，女王閉上雙眼，而典獄長跑去找醫生，因為他自己不知道該怎麼辦。

康帕涅拉女王從包包裡拿出一條有香味的手帕，溫柔地幫麥提把手上的血擦掉。康帕涅拉女王心中自有篤定：她不會讓他們把這個孤兒國王送到無人島上，她要把他帶回自己的宮殿。

康帕涅拉女王孤身一人，沒有孩子，丈夫也過世了。就讓被高牆包圍的橘子樹花園取代無人島吧，而康帕涅拉女王會成為麥提的母親。

獄醫幫麥提包紮，因為其他國王也在場，不能不包。他也給了麥提五滴藥水，混著糖吃下，讓他恢復平靜。獄醫只有兩種藥：左邊的口袋裡有藥水，右邊的口袋裡有藥粉。兩種都很苦，要配水喝下。但如果典獄長都給了糖，那就可以破例一次。

隔天，麥提宣布，他不會再吃東西，也不會去散步。他要求一份有蓋章的正式文件，要求知道國王們要如何處置他，他拒絕繼續在監獄裡枯等。

中午的時候麥提被叫進辦公室，麥提拒絕前去。沒有正式文件，他哪都不去，一步都不會離開原地！

他想要知道！他和他們玩夠矇眼捉迷藏了。

典獄長很不高興。因為女王不但沒有生氣，還說麥提是對的。她想要藉由這個機會看看麥提的居住環境，而麥提的居住環境很糟。牢房又濕又黑，牆上有蜘蛛和臭蟲在爬，麥提則睡在地上的稻草床墊上。康帕涅拉女王帶了一大盆白色的接骨木花要來給麥提，這是要放在哪呀？

典獄長馬上從自己家拿來了柔軟的扶手椅，還有一個同昨天麥提打破的一樣漂亮的花瓶——因為這花瓶有兩個，一個在桌上，另一個在鋼琴上。典獄長希望麥提把第二個花瓶也打破，這樣女王就會知道麥提有多難搞，就會明白為什麼他們把麥提關在這麼黑的牢房裡了。

但是麥提非常親切有禮地接待了女王。他滿懷感激地收下了花束，不過，他把花插在自己用來裝水的陶壺裡，而不是瓷器花瓶。康帕涅拉女王看到麥提收下了花，於是又大著膽子、不引人注意地把一盒巧克力交給麥提。她原本把盒子藏在自己的大衣口袋裡，因為她不知道麥提的心情會如何。

「喔，巧克力我就謝謝您，但不收下了，它會讓我想起我痛苦的第一次改革。」

所以：無人島已經選好了。麥提生氣是有道理的，但是他們真的沒辦法更快做出決定。歐瑞斯特斯二世是無辜的，他只是出於禮貌陪女王來。憂鬱的國王堅持想來，但是邦．德魯瑪和年輕的國王不准他來。邦．德魯瑪現在是年經的國王的朋友了。有著國王們簽名和蓋章的文件還沒準備好。女王來此，是為了安撫麥提，告訴他，大家並沒有忘了他，他很快就可以出發，在此同時……

「如果您允許，我會每天來看您。」

麥提沒有回答，但是吻了好心的女王的手。

「可惜，」女王說：「我每次不能待超過十四分鐘。」
「我明白，宮廷禮儀。」麥提低聲說。
「不，是監獄的規定……」

◇◇◇

現在，當麥提搬到乾淨的房間，可以在監獄的花園散步，每天都有女王來看他，可以睡在床上，吃典獄長的私人廚子煮的菜，還可以坐在桌前吃飯——他感覺比較好了嗎？

不，還是一樣擠，而且一樣痛苦，搞不好還更痛苦。當麥提住在原來的牢房，他明白自己在等待，目前的居所只是暫時的，之後在無人島上會有新的居所。現在，他已經沒有什麼好等待了。

因為要等什麼？在無人島上，他擁有的會和今天的沒什麼差別。即使他們會給他更漂亮的房間和家具、更多的自由、更棒的海灘散步，他還是會孤獨一人，而且很無聊。

他之前多麼渴望有一個鐘。他原本以為，如果他可以知道已經過了多少時間，一天會過得比較快。真是癡心妄想。現在他看到時鐘，覺得指針走得好慢，每一個小時都好漫長，每個在監獄裡的日子都漫長得可怕。

「麥提，我可以做什麼讓你開心？」當女王看到麥提陰沉地背著手在房間踱步，她問。

「做什麼？嗯，我的金絲雀還在宮殿裡嗎？」

我不知道有沒有和你們說過？麥提有一隻金絲雀，養在美麗的金色籠子裡。他在命名日的時候得到這隻金絲雀[2]，很喜歡牠。當孩子們在兒童議會裡叫他是金絲雀時，他彷彿對這無辜的鳥兒有了怨氣。但現在他想起了牠，希望可以看到牠。他想要有一個活生生的生物在身邊陪伴，不是只有十四分鐘，而是一直都在。

康帕涅拉女王沒有回答，因為她被嚴格禁止告訴麥提，他的國家發生了什麼事。但是當她回到家，她立刻拍了一封電報給年輕的國王，信上寫：

「我可以告訴麥提關於他的金絲雀的事嗎？我們可以把金絲雀放在他的牢房裡嗎？也許您還記得我說過，孩子們很需要樹和鳥。」

這封電報讓年輕的國王氣瘋了。

「女人就是這麼麻煩。」年輕的國王嘀咕：「今天要金絲雀，明天就會要狗，後天又不知道

2 波蘭人習慣用基督教聖人的名字給小孩命名（通常會是和小孩生日相近的聖人），之後小孩生日時，就會慶祝命名日。老一輩的波蘭人把命名日看得比生日還重要，會慶祝命名日，而不是生日，不過新一代的波蘭人也開始重視生日了。

要什麼。哦，牢房好濕喔，牢房好黑喔，麥提看起來很不高興，麥提看起來好悲慘。好像我們唯一該關心的是麥提在那裡住得舒不舒服！」

年輕的國王回了一封電報說，他會讓麥提養金絲雀，但他補充說，希望這是最後一個要求和最後一次讓步。

「您有一顆溫柔的心，但也要顧及王冠的要求。」

王冠是戴在頭上的，而在腦袋裡有智慧。年輕的國王用這種方式禮貌地暗示女王，女王人很好，但是很無腦，她不應該管太多麥提的事。

而麥提什麼都不知道。當他一再提出更多的要求，他不知道女王花了多少力氣才能完成它們，然後又是多麼痛苦地告訴他：「不可以，他們不准。」

不准給麥提報紙和書。不准提到邦・德魯瑪、菲列克、克魯—克魯和憂鬱的國王。

女王已為此付出過代價。之前，歐瑞斯特斯二世告了女王的狀，說她提到邦・德魯瑪和年輕的國王現在是朋友。她受到了嚴厲的警告，如果她再說溜嘴，就會被調離麥提的首都，之後取代她的不會是任何一位國王，而是袋鼠灣的省長，那人可是出名地殘酷，而且很討厭麥提。

「這是你的金絲雀，親愛的麥提。」

女王已經從很久以前開始就不再正式稱呼麥提為「麥提國王」，麥提自己也不知道要不要提醒她，還是要假裝沒注意到。

「而這是你媽媽的照片。」女王很輕很輕地說。

麥提甚至沒有看媽媽的照片一眼，只是把它放在桌上，然後就去照顧金絲雀。他開始清理籠子，雖然根本沒這個必要。他把水倒進一個小盤子，雖然他知道盤子太大，籠門太小，放不進去。然後，他把麵包和糖果塞進籠子的鐵條之間。他不停看鐘，看看十四分鐘是否已經到了，然後女王就會留他獨自一人。

「就讓她快走吧。」麥提想。

康帕涅拉女王也在不安地看時鐘。這是她最後一次來監獄探望麥提，因為她必須去開最後一次會議，在把麥提送到無人島上的文件上簽名，但她還有件事必須要問麥提。

「麥提，在我離開前，我想告訴你一件事。我不知道這會不會成功，但是我會努力去爭取。現在不要玩那隻金絲雀了，之後你有的是時間。」

麥提皺起眉頭。

「我在聽。」

「告訴我，但是請你誠實地告訴我，如果其他國王同意……你想要嗎？我在這世上孤獨一人，就像你一樣。我沒有孩子，也沒有任何人。你想不想要我來當你的母親？你會住在一個長滿了橘子樹的花園，住在我美麗、溫暖的國家，住在大理石宮殿裡。我會盡我所能，讓你過得好。過一段時間，國王們一定放軟身段。等我老去，而你也長大了，我會把王位和王冠都交給你，你會再次成為國王。」

康帕涅拉女王想要擁抱、親吻麥提，但是麥提很快地抽開身子。

「我是國王——我國家的國王。我不需要外國的王位和王冠，我有我自己的。」

「但是，麥提……」

「我不是麥提，我是被俘虜的國王，那些他們從我手中奪走的，我會奪回來。」

監獄的大鐘響了，表示十四分鐘到了。

麥提咬了咬嘴唇，他的心怦怦跳著。他在思考、思考、思考。

「女王，」麥提說：「謝謝妳。妳對我很好，我不能不知感恩。這就是為什麼我不同意妳的建議，因為如果我答應妳，妳之後就會有麻煩的。」

「為什麼？」

「因為我會——逃跑。我會，我一定會逃跑。就讓他們提高警覺，就讓他們好好看守我！」

監獄的鐘聲又響起了。

麥提已經完全鎮靜下來，他平靜地把話說完：「尊貴的女王，只要他們是用暴力的手段綁住我，我就是自由的，我可以做我想做的，我可以抵抗。如果我答應當妳的兒子，那我就一輩子是個奴隸了。」

監獄的鐘聲響了第三次。女王走了出去。

逃跑！

麥提很驚訝，他竟然這麼晚才開始認真思考這件事。這個念頭三不五時就會在他腦中浮現，彷彿他也在問自己：我會成功嗎？我知道該怎麼做嗎？我要逃到哪裡去，還有為何而逃？直到現在，當女王提出了一個在他的牢獄生涯中可以期待的最佳選擇，麥提做出了最終的決定，而且絕不改變心意。

雖然不知道會不會成功，也不知道有沒有地方可去，更不知道有沒有逃亡的理由——但他就是，就是得逃。現在他已經不會無聊了，不會時時刻刻抬頭去看鐘。他會有一大堆工作要做。他必須仔細觀察監獄的中庭，每個牆壁的縫隙，每棵牆邊的小樹。他必須花上許多時間沙盤推演，當他終於離開監獄，他該如何開始第一步。他必須好好想清楚：他要換上什麼樣的衣服？要帶什麼東西上路？他一定得有條繩子——要從哪裡弄到它？

麥提如此專注地思考，完全沒注意到已經是晚上了，燈點亮了，金絲雀也開始唱歌。

麥提走近籠子，鳥兒害怕地沉默了一下子，但是沒多久後又開始唱歌，比之前更嘹亮動聽。然後，麥提的目光來到了母親的照片上。

「媽媽，妳看：康帕涅拉女王想要奪走妳的麥提。他們奪走了王位和王冠，現在還想連我都奪去。我不會把妳丟在監獄中的，媽媽，我們會一起逃走。不要怕，我會保護妳。」

麥提把照片從鑲著貴重珍珠的相框中拿出來，溫柔地親吻它，然後把它放進胸前的口袋，微笑地問：「現在好多了，對不對，媽媽？」

金絲雀愉快地歌唱。

◇ ◇ ◇

「所以怎麼樣？」歐瑞斯特斯二世問。

「麥提非常不高興。」女王四兩撥千斤地說。

但是，她在接下來的第一場會議中，針對麥提的事做出了發言。

「國王們，請你們不要簽署這份文件。我們不能把麥提和拿破崙或是任何一位成人國王相提並論。雖然我沒有孩子，但我有一顆母親的心，我可以猜到孩子在想什麼。麥提雖然很焦躁、難以掌控，但他有一顆善良的心。」

「又開始了。」年輕的國王對邦・德魯瑪低聲說。

「如果你們可以看到，金絲雀讓他多麼開心，那就好了。他給牠喝水、吃糖果和麵包。孩子們常常想都不想就行動，他們沒有經驗……」

康帕涅拉女王看到了大家都很沒耐心，開始打呵欠、抽菸、嘆氣，但是女王還是不停地說下去。老國王大鬍子阿方索已經在椅子上睡著了，臉色蒼白的孟加拉的米特拉國王吃了一點頭痛藥。最後，女王終於告訴大家，她真正的意圖。

「把麥提交給我。」

「我們會投票表決。」有黃種人朋友的國王很快地說。

「好。」大家都同意了。

「再等一下。」康帕涅拉女王乞求：「我還想補充一點……」

「我們稍作休息。」歐瑞斯特斯二世建議。

「好，我們喝杯茶。」

「吃個晚餐。」

親切的女王親自為國王們倒了最好的酒，她分別問每一個國王，他們喜歡喝什麼……僕人們騎著腳踏車，從最好的餐廳送來最好的餐點。女王還請國王們抽雪茄，吃水果和世上所有口味的冰淇淋（鮮奶油、香草、覆盆子）。桌上還有奶油蛋糕、蜂蜜、土耳其冰沙、焦糖堅果、「鳶尾花」牌牛奶糖、長角豆、瑞士乳酪和英國波特啤酒。

「我們只差古龍水和波斯藥粉了。」隔天，愛開玩笑的安哥拉的米格達國王說。

當然，投票延後了。雖然國王們可以愛吃喝多少就吃喝多少，但這一次，他們真的喝太多了。隔天，當大家決定投票要在一個美麗安靜的小漁村舉行，而不是在康帕涅拉女王的宮殿，女王馬上猜到，他們不會同意把麥提交給她。因為他們沒辦法接受女王的款待，又拒絕女王的要求。

事情就像女王猜想的一樣。

「十二票同意，四票反對。」

麥提會被送到無人島。

「請簽名。」

康帕涅拉女王是最後一個簽名的，簽完名，她沒有向任何人道別就離去了。

「雖然我不知道該怎麼做，但我一定要救救那個可憐的孩子。」

在此同時，麥提正認真準備逃亡，一點都沒有在開玩笑。

監獄的圍牆已經很老舊了，爬滿了藤蔓。麥提開始帶裝了金絲雀的籠子到牆邊玩魯賓遜遊戲，假裝他的小木偶是星期五，金絲雀是鸚鵡，而他自己則模仿魯賓遜，每天在樹幹上做一個記號。

士兵們看到麥提完全平靜了下來，而且會玩孩子氣的遊戲，於是也放心不少，不再那麼嚴密地監視他。以前，當麥提到中庭玩，他們必須亦步亦趨跟在他身後，因為典獄長會從辦公室的窗戶監視中庭裡的士兵。而現在他們在花園裡可以想做什麼就做什麼了。畢竟，聊聊天總比什麼話都不說、只是拿著步槍在那邊走來得愉快啊。

麥提注意到，牆上的一個磚塊有點鬆動。他試著左右搖晃它，老舊的灰泥於是脫落了，但是外表看不出來，因為藤蔓把它蓋住了。麥提沒有把那個磚塊拿出來，而是開始挖第二塊磚。他的手指在痛，指甲也裂了，但他一點也不在乎，只想早點完成。在午飯之前，他已經弄鬆了四個磚塊，而在午飯後，則弄鬆了兩個。

「照這樣下去，三天後我就自由了。」

他可以輕易地把磚塊拿出來，但是拿出來後要放到哪？他在花園裡四處走動，尋找鏟子。

「你為什麼不玩魯賓遜遊戲了？」一個年長的守衛兵問。

士兵們現在已經不叫他國王了，而麥提也不生氣，他現在沒有像以前那麼高高在上了。士兵們想：「這孩子會慢慢習慣島上的生活的。魯賓遜遊戲也是有好處的，這樣他就可以從遊戲過渡到真實人生。」

「也許國王們對他太嚴厲了？」

「麥提，你為什麼不玩了？」

「我想要挖一個小地窖。」麥提說：「但是我沒有鏟子。沒有地窖很不方便，因為如果我抓到獵物，我沒地方放。」

士兵們給了麥提鏟子，甚至幫他挖。當地洞已經夠深，麥提就把磚塊放進去，然後用沙子蓋起來。但是，一個守衛兵發現了。

「這些磚頭是哪來的？」

「我在花園找到的，喔，就在那裡，靠近涼亭的地方，我可以帶您去。」

麥提牽起守衛兵的手，一路上和他說了許多關於戰爭和食人族的事，最後守衛兵完全忘了磚頭。

還有一次，麥提也差點露出馬腳。那時候，典獄長突然來臨檢。

「典獄長來了！」走廊的首衛從窗戶那邊大吼。

士兵們通通跳起來，丟下手中的菸，拿起槍。麥提站在他們之間，低下頭跟他們走，但是他們已經來不及排成應有的隊形。

「為什麼前面有兩個士兵，後面有四個？你們不明白規定嗎？還有這個籠子是幹嘛的？」

然後典獄長用手杖敲了敲籠子旁邊的藤蔓。

麥提冷汗直冒，因為他可以清楚看到牆上的洞。但是典獄長很高，他從上面看，是看不到洞的。

「還有這個坑是拿來做什麼的？」他指著麥提的地窖。

「那是魯賓遜的倉庫。」麥提說。

「因為你們沒有按規定的方式走，所以要給你們關禁閉一天。然後，你們讓囚犯二一一號在地上挖洞，所以要再給你們關禁閉一天。」

但是典獄長只是故意嚇嚇他們，麥提知道他會原諒他們的。因為沒必要再惹出事端，萬一麥提又去向女王告狀那怎麼辦？而女王答應典獄長，如果他善待麥提，就會給他太太一個鑽石胸針。再說，麥提也快要離開了，最好越快越好。

唯一令人不愉快的是，典獄長命令士兵把麥提的倉庫填起來了。麥提之前把要帶上路的食物儲存在那裡，每一餐他都只吃一半，另一半則偷偷藏在地窖。

麥提覺得，現在時間流逝得比以前快多了。他必須不斷假裝玩遊戲，搜集橡實、棍子，在圍牆邊建造小花園、圍籬或沙堡，作為掩護。同時，他也留意著，士兵們是否接近，是否有看到他在做什麼。現在他的工作進行得比較緩慢了，因為他必須把拿出來的磚頭藏在衣服底下，拿到花園另一邊的涼亭，透過一個小洞丟到下面的地下室。為了不發出聲音，麥提還用繩子把磚頭綁住，慢慢吊下去。

圍牆很厚，但是必須有耐心。一點點不小心，就會功虧一簣。而這是很辛苦的工作，麥提的手指越來越痛了，指甲也磨破了，因為他用整隻手去挖洞。指甲旁的皮膚也龜裂了，痛得要命。

但是麥提很開心。當他移開最後一塊磚頭，他是多麼快樂呀，他還把手伸出圍牆外，只要一下就好，只要沒有人看到，沒有發生什麼意外就好。

然而，意外就在這時發生了。當麥提把手伸出圍牆外，有一隻狗從遠處跑了過來，狠狠地往麥提手上咬了一口。麥提痛得發出嘶聲，但是他假裝沒有任何事發生，只是在摸牆上的蔓藤。

他甚至不知道狗是自己跑來的，還是有人在旁邊。如果旁邊有人，那他一定會發現麥提的手，猜到發生了什麼事，然後通知典獄長。

狗兒汪汪叫，麥提把流血的手抽出來，藏到口袋裡。

「你剛才在那裡幹嘛？」打牌的士兵們問。

「我在拿葉子餵金絲雀。」麥提努力假裝平靜地說。

「笨蛋，你的金絲雀沒多久就會死。」

然後他們繼續玩牌。

突然麥提明白，他不能再把逃亡一事往後延了。現在人們從街上就可以看見這個洞。幸好，狗的出現提醒了他這件事。士兵們也注意到麥提現在心神不寧，比以前更頻繁地問他：「你在那裡做什麼？」

星期二監獄的護士會來幫麥提剪指甲，當他看到麥提的指甲都裂了，他一定會很驚訝。要怎麼解釋他手受傷的事？直到現在，麥提才明白，要成功逃跑有多麼不容易，還有他眼前有多少困難和危險要克服。但是他沒有退縮，反而更不耐煩地渴望逃亡。

「今天晚上我就要逃！」他決定。

很好，決定了就要照計劃執行。麥提吃了晚餐，換了衣服，比平常更早上床，因為他頭痛。他把氣窗打開，因為他覺得熱。他用被子蓋著頭，等待守衛兵在夜晚換班……

突然，門開了。典獄長走了進來，國王議會的使者也走了進來。

「國王，請您開始收拾行李。再一個小時，往無人島的火車就要開了，這是文件和國王們的簽章。」

麥提從床上爬起來，開始穿衣服。

「我今晚就要逃。」麥提邊收東西邊想。「如果我無法用原來的方式逃亡，那就用別的方式。」

麥提的努力都白費了。牆上的洞挖好了，但有什麼用？他不會再到花園裡去了。

換成是別人，一定會絕望喪志。沒錯，別人會如此，但麥提不會。麥提認為，最重要的是做出決定，其他的都是小事。麥提甚至覺得，挖磚塊對他在路上的逃亡也是有意義的。他因此學會了冷靜、理智和謹慎，雖然他不是很明白怎麼稱呼這些能力。他只知道，最重要是他的內在（頭腦和心靈都是）都準備就緒，至於其他的——嗯，就看著辦。

這就是為什麼麥提一點都不擔心。

麥提很快就收好了行李。典獄長一直都在房間裡，當車子來了，他請麥提簽一份聲明，說麥提不生典獄長的氣。

「這不會損害國王您的利益，而對我來說可能有幫助。」

「好。」

於是典獄長命人取來墨水、筆和紙。

「我在此聲明，」麥提寫：「我對典獄長沒有任何怨懟，因為他只是執行他的任務。在戰爭之前，當我把大臣們抓起來，典獄長收押了他們，因為這是我的命令。在戰爭過後，典獄長收押了囚犯二一一號，因為這是戰勝國王們的命令。我打破了典獄長的花瓶，但他沒有向我復仇。我祝福他可以繼續做自己想做的事，而我也會做我想做的事。麥提國王一世。」

國王議會的使者也在監獄的紀錄簿中簽了名，證明他將麥提領走。然後，他們就坐上車離去。

麥提透過車窗，饒富興味地觀察自己的首都。剛好這時候一場演出結束了，人們從劇院走出來要回家。沒有人知道車子裡面坐的是麥提，因為重要的人犯總是在晚上被祕密運送。從劇院裡出來的都是大人，沒有一個孩子。

「大人叫孩子早早上床睡覺，然後自己去玩。」麥提憤怒地想。

國王議會的使者在旁邊打瞌睡。

「我要打開門跳出去。」

不，沒用的。藏在一群孩子之中很容易，但現在外面都是大人。路燈亮著，而在每一個街角都有警察。

在火車站也沒辦法做什麼。國王議會的使者牽著麥提的手，很快地帶他走過候車室，然後就把他帶上火車的頭等車廂，再過五分鐘，火車就要開往國外了。他們把麥提的箱子放在窗前，而箱子上則放著裝了金絲雀的籠子。

「嗯，那我們睡吧。」

他真的那麼想睡，還是裝的？

不，多眠斯科上校（也就是國王議會的使者）沒有在裝。在重砲兵第四師，他是一個著名的——甚至可說是遠近馳名的——瞌睡蟲。當他還是個小學二年級的學生時，就常常在課堂上睡覺。但是他完全沒有打呼，只是安安靜靜地睡，所以老師也很高興他不會吵到任何人。他的聽寫寫得很好，閱讀能力也很強，但上數學他就睡著了。同學們取笑他，但是多眠斯科一點都不生氣。大家都喜歡他。有一次他在宗教課上睡著了，不過神父沒有生氣，反而說：「睡覺的人不會犯罪。」

多眠斯科很高興，他沒有犯任何罪。一路以來，他也過得一帆風順。

有一次他在自然課上睡著了。自然老師很嚴格，課堂上必須靜得連一根針掉到地上都聽得見。老師在課堂上講啊講的，然後多眠斯科的眼皮就睜不開了。

「多眠斯科，重複一遍剛才我說的。」

「老師，他在睡覺。」

隔壁同學用手肘推了推多眠斯科，他揉了揉眼睛站起來。

「你剛才夢到什麼？」老師問。

「我夢到一個很大、很大的螞蟻窩。」

「幸好你夢到的是大自然，不然你就要得到最低分了。」

多眠斯科十六歲的時候，家裡來了客人，是一位老上尉。他說：「人生在世，最重要的是做自己喜愛的事。你愛畫畫就去當畫家，你愛唱歌就去當歌手。而在軍隊，最重要的就是服從命令。」

「沒錯。」多眠斯科的父親遺憾地說：「但是一個只喜歡睡覺的男孩能做什麼呢？」

「相信我，如果他真心誠意喜歡睡覺，從頭到腳都是個瞌睡蟲，一定能闖出一番大事業，重點是，要真心喜歡。」

多眠斯科後來去讀了軍校。身為一個年輕軍官，他的勇氣令人震驚。他在攻擊中完全派不上用場，但防守則無人能出其右。

上級要是命令他留在原地，他就不會前進，也不會後退。他和他的部隊就待在壕溝裡，無論遇上什麼樣的砲轟或攻擊，他都不會動，就是堅守在原地。

「你不怕嗎？」同袍問。

「有什麼好怕的？人都有一死，也沒有女人會為我哭泣。」

多眠斯科是個單身漢，也不喜歡小孩。

「小孩吵得要命，會吼叫、跺腳，腦袋裡有一堆瘋狂的主意。他們根本不讓你睡覺。小小孩會在晚上尖叫，大小孩會在白天煩你。」

多眠斯科很喜歡去同袍家作客，但是會避開有家室的人。所以你應該很容易可以猜到，為什麼他被選來護送麥提，因為還有誰比他更合適？他是個軍人、上校，而且還是兒童的敵人，就讓他去吧。

多眠斯科會當上上校，是因為他英勇地保衛了第四死亡堡壘。那是所有防禦堡壘中最重要的一座。多眠斯科帶著他的部隊，在這裡承受了敵軍四十六次攻擊，但是都沒有投降。上頭的司令知道敵人很想要攻下這個堡壘，因此給了他充足的彈藥。多眠斯科下令：「白天晚上都要開火，不可中斷。」因為當寂靜中突然有槍砲聲，那就是噪音，如果一整天都有槍砲聲，就一點都不吵。

於是，士兵們開火，多眠斯科則蒙頭大睡，直到援兵到來，他們打了勝仗為止。

「快把英勇的死亡堡壘的保衛者帶來見我。」總司令說。

「不行，他禁止我們吵醒他。」有點蠢的副官說。

多眠斯科就這樣當上了上校，被調到了重砲兵屯駐的堡壘。現在，他則躺在沙發上，一邊睡一邊發出輕微的鼾聲。

「呼——嚕——呼——嚕！」

「你就慢慢打呼吧。」麥提想。他往門邊靠近，然後把門稍微打開一點。

可惜——走廊上有士兵站崗。麥提關上門，躡手躡腳地走近窗戶。窗戶沒有鐵條，沒裝鐵條的窗戶真是令人愉快。但是要怎麼開？窗戶下方吊著一條堅韌的皮帶，麥提不知道那是拿來幹嘛的，但是好吧，也許會派上用場。窗戶上也有一條皮帶。麥提用毛巾蓋住金絲雀的籠子，好讓金絲雀不要叫，然後把籠子從箱子上拿下來，放在地上，自己站到箱子上去，開始試著開窗。麥提把窗戶往下拉，沒有用。他又把窗戶往上推，窗戶動了一下，然後就不動了。如果他把玻璃打破，可能會吵醒上校。啊，沒錯——他知道了——他想起來了。他曾經看過別人在他面前開過一次窗，但是他那時候一點都不在意。他沒想到，這有一天會有用處，他也不知道，生命中的每樣知識總有一天都會派上用場的。

他把窗戶稍微往上推，然後又往自己這邊拉，然後窗戶就打開了。火車轟隆隆地在軌道上行駛，麥提探頭出去看，窗戶是否很高，還有他能否跳出去。不重要，他可以跳出去，只要等列車進站就好。

但是之後該怎麼辦？他身上一毛錢都沒有。即使他要回到首都，也要吃點食物才能上路啊。他知道了，他想起來了，他會躲在鐵道員那裡。上次他打勝仗時，有去探望鐵道員，這真是太好了，好心的鐵道員太太一定不會出賣他的。

麥提把窗戶關上，因為上校已經兩次不安地動了動身體。看來，冷風讓他著了涼，因為他把自己包得緊緊的，還把頭埋進大衣裡，這對麥提來說更有利。

喔，時間過得真慢呀，真令人無法忍受。麥提很怕自己坐過頭，差一點就不想等了，想直接跳下去。麥提搞不好會真的跳，但是他想起了沉重的行軍。他現在是不想睡沒錯，但如果他走著走著，在天亮之前睡著了怎麼辦？

兩個小站，一個大站，不，不是這個——然後再一個小站。終於他的車站到了！麥提在一瞬間打開窗戶，跳了出來，他開始跑，他已經可以看到遠處黑暗中鐵道員小屋的窗戶，他跑著，直到喘不過氣來。

他自由了！

他躲在一個小房間等待，等著會不會有人來追捕他。也許有人看見了他，也許他們馬上就要來找他？不，火車靜靜地上路離開了。

「我祝福典獄長可以繼續做自己想做的事，而我也會做我想做的事。」麥提愉快地重複他在聲明中寫的最後一句話。

多眠斯科上校在國界上醒來。他四下張望：窗戶打開了，裝金絲雀的籠子在地上，而麥提則不見蹤影。

「麥提逃跑了，老天啊，我怎麼會這麼走運。我奉命護送他到無人島，現在我要怎麼帶他去？我明明叫他睡呀，這是第一次有人膽敢違抗我的命令。現在該怎麼辦？命人開火嗎？用什麼開？我手邊又沒有大砲。還有，要對什麼地方開火？沒有命令，要怎麼開火呢？」

多眠斯科上校從皮夾裡拿出一張紙，讀著：「接到這份命令後，多眠斯科上校應該立刻把炮兵隊託付給道奇·法·年特上尉，自己到麥提的首都去，把麥提和他的東西一起護送到無人島。海上和陸上的官員應給予其協助。完成任務歸來後，上校得向上級報告。」

「嗯，我會把金絲雀和箱子送到無人島，然後向上級報告。」

他嘆了一口氣，搔了搔頭，關上窗戶，蓋上大衣，倒頭就睡，而火車則繼續往前奔馳。

2.

麥提在好心的鐵道員太太那裡待了三天。麥提想：「當他們發現我逃了，一定會去找我。他們會往前追，沒有人會想到，我就安安靜靜地待在他們眼皮子底下。」

第一次大戰發生時，鐵道員太太在牛棚裡挖了一個洞，這樣有危險的時候就可以躲進去。現在麥提就躲在那裡，以防有人來查。目前沒有任何動靜。

站長剛好經過，走了進來，說：「昨天晚上的火車載了一個犯人，我看到在車廂的走廊上站了士兵。」

「也許是某個副官？」鐵道員太太說。

「才不呢，他們手中有步槍。」

「也許是某個國外的使節？」

「也許。」

鐵道員太太寧可小心翼翼，因為有時候他們會公開、大張旗鼓地搜尋犯人，但有時候會悄悄地來。站長雖然是熟人，但是知人知面不知心啊。

「喔，尊貴的國王，」鐵道員太太說：「現在沒有了您，我們過得真糟啊。現在誰想掌權就可以掌權。在戰爭開始前，新政府就開始為所欲為了。他們命令孩子駕駛火車，而大人則要去上學。他們還說，這是麥提國王下的命令。還真的有愚蠢的人相信了。我總是說：『有壞事要開始了。』他們嫉妒那個孤兒。在他執政時的巧克力比現在的麵包多。這樣的情況還有可能改變嗎？我相信麥提國王，會等他回來。」

麥提背著手，皺起眉頭，在房間裡踱步。

夠了。他坐在這裡，什麼也沒辦法做，還在這些好心的可憐人家裡白吃白喝，該上路了。

他們還想讓他多留一會兒，但麥提拒絕了。不回首都，他在這裡也不會知道任何新消息。鐵道員從鄰居那裡拿來一些破舊的衣服，麥提換上衣服，拿了一塊麵包（他不想拿乳酪），還有足夠從下一站買車票的錢（因為他不敢在這一站買），就離開了。

他平安無事地走了十五俄里[3]，路上沒人攔下他。他順利地買到了三等車廂的票，晚上，他就已經回到了首都。為了確保沒人注意到他，他把帽沿壓低，蓋住眼睛，然後往前走。

「喂，小子，你有空嗎？來幫我拿袋子，我會付錢給你。」

樂意至極。袋子裡的味道好香，麥提的口水都快流出來了。袋子裡裝的是各式各樣的香腸和豬油。

「你剛到嗎？」

「剛到，嗯，昨天到的。」

「城裡熟嗎？」

「有點熟，不，不熟，我昨天到的。」

「你從很遠的地方來的？」

「不，不遠。呃，其實很遠。」

「好啦，動作快。」

他催促麥提，而麥提的手都沒力氣了，頭也昏昏沉沉。他們走了好一段路，麥提必須不時停下來休息。

「小子，你聽著。如果你以為你可以帶著袋子跑掉，你就搞錯了。我不是鄉下來的，我了解你們這些人，你們都說你們是今天或昨天才到的，從或遠或近的地方。你們在車站旁晃來晃去，幫人家拿包裹，但你們只想著在哪個街角可以一溜煙跑入黑暗中。我認得出你們，你們總是把帽

3 以前俄羅斯的長度單位，大概是一公里左右。

沿壓低蓋住眼睛。我可不是一開始就是賣香腸的，我當過兩年警察。好啦，快走！」

麥提只是悶哼一聲，什麼也沒說。他拿著沉重的袋子，手指痲得要命，腳彷彿自己往前走，沒什麼知覺。

「欸，米豪先生……有新消息！」

一個警察叫他們停了下來。

「你從哪來的？」

「拿貨回店裡。有什麼新消息？」

「他們把麥提國王送走了。只是別告訴任何人，這是職業機密，我只對朋友說。」

「怎麼可能？他們沒公告？」

「他們怕人們反抗。喔，人們很同情麥提，大人和小孩都是。太遲了！那時候不該掛白旗的。」

麥提把袋子放下，仔細聆聽。

「麥提要是可以再當五年國王就好了，那時候你袋子裡裝的就不是香腸，而是金子。」

「你怎麼知道他們把他送走了？」

「監獄的守衛說的。他們要把克魯—克魯送回她父親那裡，那個叫什麼……邦．德魯瑪的。憂鬱的國王好像想退位，自願到無人島上去。而你，你在那裡偷聽什麼？」突然，警察厲聲對麥提說。

「這男孩是跟我一起的，他幫我拿袋子。」

「那就走吧。明天我值完夜班一整天都有空，我會去看你。喔，麥提被送走了，真令人可惜呀。」

「你等著，依我看這事還沒結束，麥提會回來的。」

「但希望他不要再做蠢事了。」

「好啦，小子，我們走吧。」

香腸商人幫麥提把袋子背到他背上。這時奇怪的事發生了，現在麥提一點都不累了，袋子也不重了。他腳步輕快地走著，彷彿長了翅膀。

麥提已經知道了他想要知道的。他只對一件事覺得奇怪：為什麼他們沒來找他？為什麼他們不知道他跑了？

「見鬼的，站住。你剛走這麼慢，現在來勁啦？就在這裡啦，趕快進去。」

進了門，還要走兩個樓梯才能到商店旁的公寓。麥提走上樓梯，差一點跌倒，還好香腸商人扶住了他。商人看到麥提臉色蒼白，嚇了一大跳。麥提靠在門上，閉起眼睛，全身都在顫抖。

「你怎麼了？」

「我很餓。」麥提低聲說，然後就昏了過去。

麥提在監獄裡就已經吃得很少，因為他要存一半的食物帶上路。在鐵道員家他也吃得很少，因為他不忍心在窮人家白吃白喝。之後他只帶一片麵包，就走了十五俄里的路，然後現在又背著散發著香腸味道的袋子走了好一段路。一個大人也無法承受這些，而且麥提一直活在不安恐懼中，怕有人來追他，而現在他突然知道，他的國家還記得他，並且在等他回來。

香腸商人和他太太把麥提放到家裡的沙發上。

「喝點牛奶。」

香腸商人把麥提的外套解開，一方面是讓他呼吸更順暢，另一方面這是他以前當警察時的習慣：他要找護照。如果這男孩死在他家，身上還沒有任何文件，那就會有麻煩。他摸到了一張照片，是過世的王后的，除此之外沒有其他。

「欸，小子，喝點牛奶。好啦，張開眼睛。」

麥提畢竟是打過仗的，身強力壯，很快就恢復了精神。他有點不好意思，又有點害怕，怕他在昏倒時說了什麼不該說的，因為香腸商人和他太太帶著奇怪的眼光看他。

「你叫什麼？」

「揚內克。」

「聽著，揚內克。我看得出來，你是好人家出身的，你的手很白，雖然皮破了，指甲也裂了。你不太會說謊，這我也看得出來，你在車站那裡和我說的謊真的彆腳。你很餓，而且看起來很悲慘，雖然你身體很強壯。你身上沒有任何文件，只有一張王后的照片。這一切代表著什麼？」

「我覺得很悶。」麥提說：「請您把窗戶打開。」

麥提喝牛奶，吃麵包，他的力氣回來了。他瞇上眼，假裝還很虛弱，但偷偷地用眼角瞄著窗戶。如果發生什麼事，他還可以跳窗逃走。

「讓他休息吧。」商人的太太說：「你也看得出來，這孩子有氣無力。現在讓他睡吧，明天你會有時間問他的。」

「不，親愛的，我當了兩年警察，不用妳來教我，就讓他告訴我一件事就好……」

「讓我來告訴你：閉上嘴，懂嗎？你當了兩年警察，還不是廢物一個。你為什麼沒有繼續當警察？因為他們把你趕了出來。人家當警察可以撈到油水，啊你咧？你到死都只會賣香腸。好啦，讓我們看看你帶了什麼回來。」

他們開始把香腸從袋子裡拿出來，麥提靠著桌子，睡著了。

「你這混蛋真不要臉，竟然讓那孩子背這麼重的袋子，而且他還叫揚內克。」

揚內克是她兒子，是她最愛的人，他在上一場戰爭中喪生了。

「他一定是個好孩子，因為他帶著王后的照片，如果他是個混小子，就會帶著麥提的照片。」

麥提即使睡了，也保持著警醒。他聽見自己的名字，於是醒過來聽他們說話。

「麥提已經不在了，他們把他送去無人島了。」

「真可惜，他們沒有早一點這麼做，如果是那樣，我們的揚內克就不會死了。喔，這個可惡的麥提，如果他落到我手上……」

「他是個聰明的國王，很會打仗，很勇敢。」

「你到底要不要閉嘴？」

「我就是不閉嘴，妳能拿我怎樣？」

「你等著瞧，我給你好看。」

商人的太太狠狠用香腸敲他，如此用力，香腸都裂成了兩段。

看得出來，這對夫妻相處得不是很好。在所有的地方都是如此，如果先生喜歡麥提，太太就會生氣。如果弟弟稱讚麥提，姊姊就會嘲笑他。而在學校裡有多少人為麥提吵架、打架，根本數也數不清。

最後，警察總長發布了命令，禁止人們在劇院、公園、學校以及所有的公共場所提到麥提的名字。如果有人違反規定，就要付罰金或是在拘留所裡蹲三天。

感謝這項命令，人們更頻繁地談論麥提了。因為這個世界的法則就是如此：做被禁止的事情，最令人開心了。

◇◇◇

麥提喝著加了糖的茶，吃著麵包夾香腸，和商人夫婦閒聊。他等著，他們什麼時候會再問起他是誰、他從哪裡來。但是他們沒有問，這樣子更好。

「揚內克，把那個拿過來，去掃地。揚內克，把那個給我，放下，綁起來，把水倒掉。」

他們在試探他是否聽話、手腳敏捷、頭腦清楚。他們以為他八成是個逃家的孩子，只是不想承認。現在這種事很流行，孩子比以前好強了，為了一點小事就會逃家。他們在街上晃來晃去，肚子餓了就會回家。父母看到孩子平安歸來很高興，以後也會更小心謹慎，而孩子也學會了不要太叛逆。

「等他在這裡待久、習慣了，他就會願意說了。現在呢，就讓他在這裡有點用處，只不過要手腳乾淨，別偷東西。」

他很誠實，給他錢去買東西，他會把零錢一分不少地拿回來。他很安靜，話不多。唯一的問題是，他吃得很少。

「揚內克，吃吧。你也看得出來，我們不缺食物。要是鄰居看到你瘦巴巴的，會以為我們不給你吃東西，那多丟臉啊。」

「我吃不下，我牙齒痛。」

而麥提一直看著鏡子裡的自己。他們早晚會發現他逃了，他們會開始找他，也許已經悄悄地開始了。雖然他換了衣服，但他不能和以前的自己長得太像。他必須瘦巴巴的，這樣就沒有人會認出他來。

所以呢……

麥提在商人家工作，有找到報紙，就會藏起來讀。一開始他私下偷偷讀，後來就光明正大地讀。他去送貨的時候，如果看到街上有新告示，他就會停下來讀。

現在他已經知道了一切。

總理大臣和財政大臣已經離開這個國家了，早在戰爭發生前，他們就把錢和貴重的物品都寄到了國外，現在人也去了那裡。戰爭大臣創辦了一所舞蹈學校。健康大臣開了一間藥局，賣香皂和牙粉。道德感高尚的司法大臣成了電車的驗票員，因為在麥提的審判過後，他不想再和法庭有任何瓜葛。貿易大臣開了一家水果店，他也和宮廷司儀合夥開了一家電影院。過得最慘的是教育大臣，他現在在火車站前賣報紙。而醫生，則因哀痛過度而過世了。

現在，麥提的宮殿裡住著來自外國的使臣。普遍來說，他的國家現在也有許多來自世界各地的外國人、流浪漢以及鬧事者。他們在劇院裡佔了最好的位置，在街上開著車，大吃大喝，而所有的花費都要由首都的居民來支付。

在大人的議會中，上演著摔角秀，而在兒童的議會，則是魔術表演。

軍營被改建為啤酒廠，因為人們整天擔憂，必須借酒澆愁。

有些黑人孩子成了掃煙囪的人，另一些孩子則去甜點店工作，負責拿報紙給客人、幫他們擦大理石桌子。

「我要從哪裡開始？」麥提不停思考。「我必須對某個人表明我的身分，畢竟我自己一個人是無法奪回國家的。」

麥提來到了貿易大臣的水果店前。雖然他不是很喜歡貿易大臣，但貿易大臣是個實際的人。

「要進去還是不要？」

麥提沒有進去，他回了家。

「我真想買一磅蘋果。」

這是麥提第一次提出請求，之前別人要給他東西，他一直拒絕。商人夫婦很高興，於是給了他錢去買蘋果。

「請給我半磅蘋果。」

貿易大臣認出了麥提的聲音，他全身顫抖，抬眼一看，半磅的砝碼從他手中滑落。

「國……」

麥提把手指放在嘴唇上，比了一個「噓」。

「啊，我在說什麼……把砝碼給我……或者不要……叫店員把香菸拿來給我，叫收銀員去數數帳目是否正確。」

而他對麥提比了個手勢，叫他到店後面的倉庫。

「國王，您怎麼能讓我置身於這樣的危險中？」他悄聲說：「我已經遭受到報應了。我以前是大臣，現在則在賣水果。在這裡，他們甚至不准我們提到國王的名字。如果他們知道……喔，我拜託您，求求國王您行行好，不要再到我這裡來了，不然我得老實地說，我必須通報警察。沒辦法，我有老婆小孩，我不能把家人牽連進來。」

「可是我只是想知道……」

「沒錯，但我什麼都不知道，也什麼都不會說。」大臣打斷了麥提。「我可以給您一磅，或是三磅蘋果或梨子，但不能更多了。」

「我不是來乞討的。」麥提高傲地說，走了出去。

可憐的落難國王。他已經沒興趣再去找其他的大臣了。一兩個星期過去了，麥提想得越久，越覺得：只剩下兩條路可走。

要不就是突然在群眾之間現身，大喊：「起義！」武裝人民，逮捕外國使臣，占領城市——然後再試一次自己的運氣。

要不就是去宮殿承認：「我是麥提國王一世。」然後讓他們把他送到無人島上。

或是繼續當個送貨的男孩，靜觀其變。

還有第四條路：去找憂鬱的國王，但麥提是不會這麼做的。

「我先等等看。」麥提最後決定。「畢竟，早晚得發生什麼事的。」

他繼續在店裡打雜。他早上開店，打掃店裡，帶著籃子去市集，給爐子生火，削馬鈴薯皮，去送包裹。

「拿去，揚內克，這裡是五十條小香腸和十磅大香腸，帶著它們到新街上的餐廳，這條街以前叫改革者麥提國王一世。」

「我知道。」麥提說。

他帶著籃子上街。但是今天街上的動靜不太尋常。有些像是軍人又像是警察的人在街上走著，命令行人停下來，包括大人及孩子。

麥提抬頭一看，發現牆上有新告示，上頭用大字寫著：「懸賞五百萬。」

終於！

懸賞五百萬

前任國王麥提國王一世在被送往無人島的路上逃跑了。抓到麥提或是能指出其下落的人，可以獲得以上獎金。

我們也請每個人（尤其是麥提這個年紀的男孩）隨身攜帶出生證明。我們在此提醒父母，沒有文件的男孩會被逮捕，所以請他們到時候不要生氣。

「五百萬。」麥提不可置信地搖著頭，想：「我從來不知道國王的身價這麼高。抓住一個國王，你可以用這錢買多少香腸啊！」

麥提很高興，他的生活終於有所改變了。現在也沒必要回商人家去了，他們已經開始對他東問西問：你是誰？你從哪裡來？你讀什麼學校？你為什麼這麼認真讀報紙？你讀得懂什麼？你為什麼帶著王后的照片？他們馬上就會猜到他的身分的。

「你上哪去？」一個守衛問他。

「我從屠夫那裡來。」

「你有文件嗎？」

「有。」

「給我看。」

麥提帶著天真的表情，指指香腸。

「笨蛋，這是香腸，給我看文件。」

「我的主人不做這種香腸。」

「讓他走吧，你和白痴講話幹嘛。」

麥提走了兩條街，又遇上同樣的盤問。

「護照，學生證，證件。」

「先生們，讓我過去吧，餐廳的人在等了。」

但是麥提發現他們不是鬧著玩的，於是他比較小心了，不走大街，專走小巷，繞過市中心。

「站住。」

麥提抖也不抖一下，繼續走著。

「站住，不然我要開槍了。」

麥提繼續往前走。士兵對空鳴槍，麥提毫無反應。

「欸，你這小子，你和警察開玩笑嗎？」

麥提用手語比出，他是聾啞人士。

「放他走吧？他是個聾子，連槍聲也聽不見。」

「我才不在乎呢，他們叫我們抓人，我們就抓人。我們要是什麼人都沒抓到，他們就會罵人。也許他是裝的，也許他的香腸是偷來的？」

麥提看出眼前情勢不對，他必須逃亡，但是他也必須帶點吃的在身上，因為他得避開人群，躲個兩三天。

士兵跟在麥提身後走著，說：「這些人下這種命令真是瘋了，大概是平常過得太爽。麥提從無人島上逃走，而他們卻在這裡找他，真是擾民。」

路上，他們又抓了兩個男孩。那兩個男孩又哭又求，士兵們於是更生氣了。他們走著，三個男孩在前面，兩個士兵在後面。而在麥提的籃子旁邊，跟著四條狗。現在工匠自己都沒什麼吃的了，所以把狗趕出家門，街上於是出現了許多流浪狗。

突然，麥提從籃子裡拿出一串小香腸，繞到脖子上，又纏到腰上，雙手又各拿了一根大香腸，然後把籃子踢翻，拔腿就跑。

「站住！抓住他！」

麥提往前跑，狗兒在他身後邊跑邊跳，狗身後則緊追著一個士兵，另一個士兵留在後頭看守那兩個男孩。

士兵丟下槍，差一點就追上麥提了。麥提把香腸往身後丟，幾隻狗於是搶成一團，士兵被狗絆倒，跌了個狗吃屎，狗兒也撲到了他身上去。麥提翻過一個籬笆，跑過一個院子，然後又跑過第二個。他抬眼一看，眼前有一座花園，裡面都是小孩，有大的也有小的，有男孩也有女孩。花園的門是開的，深處有一棟大房子，大房子旁有一棟小平房，而在小平房邊則有一個樹叢。

鐘聲突然響了，孩子們跑進大房子裡去，這應該是一間學校吧。

現在麥提躲在樹叢中，四下張望，盤算著要把他的食物儲藏在哪裡。

◇◇◇

「這裡是孤兒院，不是學校。學校是用來上學的，而我們住在這裡，在這裡吃飯、睡覺，做所有的事。我爸爸在戰爭中被殺了，你爸爸也是吧。要被收容，你必須交一張申請書。你要等很久，他們才會決定要不要收容你。但是我建議你就留在這裡，沒有人會注意到的。以前就不同了，以前我們所有人都穿一樣的衣服，但是戰爭過後一切都改變了，現在每個人想做什麼就做什麼。」

「但是孩子們會認出我是新來的。」麥提說。

「不要緊。你可以把小香腸分給比較大的孩子，叫他們不要說出去。小孩子會怕，他們什麼都不敢說。他們一定得聽我們的話，要不然，我們就會把他們打得滿地找牙。再說，如果你想要的話，你可以暫時躲在樹叢裡，我可以和童軍隊討論看看該怎麼處理。」

「這裡有童軍隊？」麥提高興地問。

「怎麼可能呀。他們會抽煙，腰間也沒有配童軍刀，他們只是叫這個名字啦。就像我跟你說的，現在這裡根本一團亂。大家都愛做什麼就做什麼。我再跟你說一件事，你不會說出去吧？我們這邊有一個祕密組織，叫『綠旗子』。我們的精神領袖是麥提，但是記住不要告訴任何人，這是祕密。我們想要把麥提從無人島上救回來。記得喔，如果你和別人透露一個字，你就倒大楣了。這是我們最祕密的組織。」

這時鐘聲響了。

「你在這裡多待一會兒，因為我要去上課了。他們會在第一堂課前點名，之後就不管了。再見了，一個小時後見。這裡有一塊麵包，留給你吃。」

麥提吃了麵包，又吃了兩根小香腸，想著接下來該怎麼辦。突然，警察來到了花園，他們會開始找他。

麥提猜錯了。警察只是把一百個男孩從監獄帶來這裡，這些男孩都是在不同的街上被抓的。父母們都氣壞了，他們到監獄前鬧事，大吵特吵。

「我們不想讓我們的孩子和小偷關在一起！」

所以警察就把這些孩子從監獄帶到了孤兒院。

一個胖胖的先生跑了出來，邊跑邊揮舞雙手，生氣地大叫：「為什麼不事先通知？我要把他們安置在哪裡？我也沒有碗，也沒有杯子給他們用。他們要睡哪？」

「我們什麼都不知道。」獄卒們說：「他們下達命令，我們執行命令，如此而已。」

然後他們就走了。

孤兒院的孩子從屋子裡跑到了花園。現在，情況一片混亂。大人們拿出兩張桌子，在桌上放了紙，然後在上面寫上每個人叫什麼名字，住在哪裡。

「我是律師的兒子。」

「我爸爸是憲兵。」

「我媽媽是演員。」

「我爸爸是外國的大使。」

突然，一輛車來了。

「喔，我爸爸來了。」

外國的大使開始對胖胖的先生大吼：「憑什麼把我的孩子帶走？」他叫：「這裡到底是怎麼回事？」

然後，警察又帶來了四十個孩子。

「把我的孩子還給我！」大使的妻子大喊。

一群家長衝入花園，四處一片哭聲、叫聲、咒罵聲。

「現在我可以從樹叢裡出去了。」麥提想。「如果警察是用這種方式抓犯人，我懷疑他們抓得到任何罪犯，這樣我就安全了。」

麥提覺得自己非常安全，如此安全到他竟然擠到了其中一張桌子前。胖胖的先生正站在那裡，試圖安撫家長們。

「各位敬愛的爸爸媽媽，我是孤兒院的院長，不是典獄長。對我來說，這是個令人遺憾的突發事件。各位家長，我是一個有知識的教育家，我也寫了許多關於孩子的書。我有一本書叫《讓你的孩子安靜下來的三百六十五招》，另一本叫《金屬釘比較好，還是牛角釘子？》，還有一本叫《如何在孤兒院養豬》。因為你們知道，有很多孩子的地方，總是會留下很多吃剩的食物和髒水……我們不應該浪費食物啊。在我的孤兒院，即使是最瘦的小豬，都會長成胖嘟嘟的大豬。我把這座孤兒院經營得很出色，還得了兩個銀牌。我只要看一眼孩子，就會知道他是什麼樣的孩子。我可以從他們的臉孔、眼神、所有的一切看出這件事。請過來，看看這個女孩……」

然後院長指了指站在桌子旁邊的麥提。

「你們看看這女孩溫順的小臉，以及她充滿智慧的雙眼。她剛來這裡不久，但我很了解她。她的心就像在我手上攤開般一覽無遺，我可以掌握她的每個思緒。」

院長把一隻手放在麥提頭上，另一隻手則張開，放在眼前觀看。麥提嚇得半死，希望古怪的胖胖院長沒有在自己手上看到什麼不該看的東西。

當父母們確認，孩子們被送到的地方不是監獄，而是一座有好老師的孤兒院，他們就放下了心，不再大吵大鬧，平靜地回家。只有外國大使打了電話給警察總長，獲得了把兒子帶走的允許，於是，他們就上車離去了。

沒多久，院長又跑了出來，對孤兒院的老師們大吼：「各位老師，再過半小時我們就要開會，討論如何尋找逃跑的麥提。很多重要人士都會來這裡，請幫孩子們換衣服、洗耳朵和擦鼻子，我不希望看到任何一個人臉上掛著鼻涕。還有，要找個女孩來獻花給警察總長，最好是剛剛那個一臉溫順的女孩。嘿，清潔人員，趕快來打掃！」

然後他又匆匆跑走了。

「那個應該要獻花的女孩在哪裡？」一個老師問。

「是我。」麥提說：「但我不是女孩，我是個男孩。」

「啊，你這個自大的小鬼。」老師們抓住麥提。「院長說你是女孩，你就是女孩，少在那邊廢話，你不乖乖聽話明天就沒有午餐吃。」

半小時後，麥提就穿上白色的連衣裙，繫著粉紅色的腰帶，去向警察總長獻花了。除了警察總長，偵察總長，刑事警察法官、憲兵隊長、情報局長還有二十個國內外的探員都來了。

「各位，」孤兒院的院長發言：「我是一個老師，也是一名學養豐富的作家。我的任務是管好孩子，不讓他們遺失擦鼻涕的手帕、不要吵鬧、不要把鈕扣扯下來。談到要如何抓住逃跑的孩子，那我比在座的各位知道的更多，因為我了解孩子。我可以保證，麥提不在首都，他一定躲在森林睡著了，然後被吉普賽人或村民找到。麥提不是躲在鄉村，就是躲在吉普賽人之間。如果他們認出了麥提，我敢肯定他們一定會把麥提交出來的，因為麥提會把每個人氣瘋。如果他們沒認出麥提，他也一定會自己說溜嘴。各位先生，一個普通農民不是老師，所以他一定要過好幾個星期才會猜到自己藏匿著麥提。首都人人都認識麥提，他在這裡躲不到五分鐘就會被人認出了。」

麥提站在門邊聽他們討論，因為院長命令他站在門邊，也許有人會想喝杯水，或是弄掉了什麼東西，必須幫他撿起來。大人們不喜歡自己彎腰撿東西，因為他們會腰痠背痛。

然後他們就繼續討論、討論——每個人說的都不一樣，直到最後他們決定，不能把孩子們一直關著。就讓他們在孤兒院睡一晚，但明天就把他們放出去。父母可以帶午餐來給孩子，免得他們餓著，因為他們是突然被送到這裡來的，孤兒院沒有準備他們的食物。還有，讓警察不要再帶新的孩子來這裡了，會議結束。

當麥提重新換上男孩的衣服走到院子裡，所有的孩子都跑來問他：「他們在那裡談什麼？做什麼？他們吃了東西嗎？東西好吃嗎？麥提有沒有從客人那裡拿到什麼？他有沒有覺得丟臉？他們什麼時候會把被關起來的孩子們放出去？今天午餐吃什麼？」

嗯，沒錯，麥提覺得丟臉。他什麼也沒看到、沒聽到——什麼都不知道，也什麼都不會說。

孩子們很快就放過麥提了，因為他們很忙。每個人都試著從被關起來的孩子手上騙到一些東西。

「你瞧，我很需要剪刀，而你不需要。」

「聽著，把小鏡子給我吧，你家裡有更好的。」

「如果你給我這隻筆，我就告訴你一件有趣的事。」

「你看，我的頭髮一直掉，給我那個髮夾吧。」

不是所有的孩子都會去騙東西，但就算有人沒拿，他們也會在旁邊看和聽。眼前的一切實在是太有趣了，孩子們都津津有味地看著。因為平常孤兒院的孩子只能在自己的院子裡奔跑嬉戲，或是手牽手到街上散步。但手牽手在街上散步一點都不好玩，因為孩子們會彼此挑釁、干擾，也不能好好地看櫥窗裡的展示品。

我忘了說，他們一開始給麥提穿的連衣裙是管家女兒穿的，後來他換回的男孩衣服已不是原本鐵道員太太給他的，而是孤兒院的制服。現在，麥提看起來和其他孩子沒什麼兩樣了。

再說，情況一團混亂。稍晚，父母們都帶了裝著食物的箱子來探望自己的孩子，即使是在孤兒院待最久的孩子們，也沒看過如此豐富的盛宴。

啊，真令人愉快。這一切都要感謝誰？

「麥提國王萬歲！」有人大著膽子喊。

所有的孩子——即使是那些被關押起來的孩子——都齊聲喊了兩次：「萬歲！萬歲！」

而麥提也想高聲喊：「多眠斯科上校萬歲！」

3.

多眠斯科上校在自己也沒意識到的情況下，像最誠懇的朋友一樣幫了麥提一個大忙。麥提逃跑三天後，他繼續往前行，彷彿什麼事都沒發生。守衛在走廊看守，而多眠斯科在車廂裡睡覺。

他們來到了海邊。港口聚集了一群圍觀的人，他們可能是知道或猜到，載著麥提往無人島的軍艦會在那裡等待。

士兵們把麥提的箱子、多眠斯科的箱子、裝著金絲雀的籠子搬了出來。接著，多眠斯科上校也出來了，左右各跟著五個守衛兵。

「麥提在哪裡？」

圍觀的人很生氣，他們在雨中等了好幾個小時，現在竟然沒看到麥提，但他們對裝著金絲雀的籠子很感興趣。

港口的司令官開誠布公地問：「麥提在哪裡？」

「您是海上及陸上的官員嗎？」多眠斯科氣呼呼地說。

「嗯，我是。」司令官說。

「根據命令，您應該提供我協助，別的事不用多管。請給我一艘小船，當我們都上了軍艦，就讓它啟程。」

軍艦的艦長在等麥提，當他看到誰上了船，他覺得很奇怪。船上的海軍們也覺得很奇怪。因為大家都有點迷信，不只一個人想到：麥提會不會是金色籠子裡的那隻金絲雀。誰知道，也許國王們把麥提變成了金絲雀，也許麥提從來都不是人？

到了無人島後，多眠斯科拿到了一張收據，上面寫著他帶來了什麼，然後，他自己駕著小船回去。他睡得很不好，良心很不安。他很難過，他沒有好好地完成命令。

我在這裡，就把多眠斯科寫的報告作為一項重要的歷史文件放在下面：

> 第四死亡堡壘。我完成了第一項命令，我也完成了第二項命令，第三項命令我完成了一部分：我把麥提的東西帶到了無人島上（附上收據）。第四項命令我也完成了，就是這份報告。前任國王麥提在路上逃跑了。
>
> 多眠斯科上校

他命令副官把這份報告寄出去，然後，因為旅程太無聊了，所以他又倒頭大睡。

之後所發生的事，是全世界所能記得的，最大的醜聞。

多眠斯科被威脅要被槍斃、降級、送進懲罰部隊或苦勞營——和國王們經歷到的騷動不安比起來，這只是微不足道的小事。國王們白天要開三個會，晚上還要開一個。有時候，一場會議和下一場會議在不同的地方召開，有時候兩個城市都在同一時間開會。一開始，這些會議都是祕密舉行，但是當報紙的記者們發現麥提逃跑了，他們就開始追著國王跑。火車彷彿瘋了似地在各個城市之間奔馳，大臣們忙得丟三落四，而宮廷司儀們則忙得忘東忘西。電報的電線都因為電報拍個不停而斷裂了，報紙的號外有時候會在凌晨兩三點出刊，而人們穿著睡衣跑到街上（就像在火災發生時一樣）去買報紙。電影院把麥提以前的影片找出來，不斷放映。到處都是滿滿的麥提。雪茄的牌子——麥提一世。糖果——麥提一世。伏特加——麥提一世。喔，老天！

「號外！年輕的國王的國家爆發了革命！」

「號外！憂鬱的國王加強武裝！」

「號外！他們搜索了康帕涅拉女王的宮殿！」

「號外！非洲的南北部交戰！」

「號外！黃種人國王和白種人斷交！」

有一千零一十二個「麥提被抓住了」的通報，但是每一次，都抓錯了人，或是有人謊報，這樣報紙才會賣得更好。原本抓到麥提的獎金是五百萬，現在提高變成一千萬。

每個人都在等某件不得了的大事發生，但是就連國王們也有如身在五里霧中，不知道到底發生了什麼事。不過有一件事是可以確定的，就算他們抓住了麥提，這整件事也不會就此打住。不管是黑人國王、黃種人國王還是孩子們，他們都不會輕易地對麥提的事放手。所有白人、黑人和黃種人的孩子都站在麥提那一邊，從青少年以上，人們的意見才開始分歧。

以麥提為名的筆尖工廠被迫關門了，但是一點用都沒有。十二家販賣麥提明信片的商店被罰錢，但是一點用都沒有。《綠旗子》的主編被關起來，一個知名詩人寫了一首關於麥提的聖歌，因此被告上法庭。軍隊進駐了學校。法律明定禁止販售綠色的布料給孩子，免得他們拿去做旗子。有些老師因為讓孩子們玩「綠色的東西」的遊戲[4]，於是被關進監獄。以愚蠢聞名的帕夫努斯皇帝以神和皇帝之名下令，在一個月之內所有花園、森林和廣場上的植物都要改變色彩。

情況越來越糟。孟加拉的伊歐拉公主在路德維希國王的宴會上穿了綠色的連衣裙。歐瑞斯特斯國王的兒子，赫斯特斯王子率領一群孩子進行抗爭遊行。他們拿著一個旗子，上面寫著：「我們要求有更好的鉛筆和蠟筆，因為人們製造給孩子的鉛筆是最糟的，隨便用一下就會斷掉。我們拒絕穿過大的衣服。作業簿裡的紙品質也很不好。學校的課本裝訂得很差，翻一下就會掉。糖果和巧克力萬歲，吃糖果牙齒不會壞掉。」

而在北方公雞共和國的競選海報中，有一個政黨清楚明瞭地提出政見：他們要為黑人和孩童爭取平等的權利。

國王們自己也搞不清楚，誰和誰是一國的，誰又生誰的氣。他們彼此怪來怪去，都說是對方造成了今天的局面。

「是你開始和麥提的戰爭的。」

「是你讓麥提當上國王的。」

「是你讓麥提通過你的國家，把黃金從邦．德魯瑪那裡帶回來。」

「麥提是在你的國家認識了黑人。」

「是你讓他參觀議會。」

「是你的間諜讓他辦了報紙。」

大家都認為，一定會有戰爭。但是每個人都怕戰爭，因為不知道誰會成為盟友，誰是敵人。

當孩子在學校吵架，老師會出面，對一個人或兩個人大吼，或者讓他們去角落罰站，然後事情就結束了。當大臣吵架，國王會出面，把所有人或幾個人換掉，意思是，讓他們下台。但是當國王們吵架，該怎麼辦呢？

4 一種波蘭傳統遊戲，在春天進行，玩遊戲的人約好，在某一段時間內身上要帶著綠色的葉子，然後彼此詢問：「你有沒有綠色的東西？」如果沒有，就要送禮物給別人。

有個辦法可以解決。你總是可以找到一個很有智慧的人，叫做外交官，他會承諾，所有的一切都會很好，不需要打仗。現在就出現了一個這樣的人，他已經很老了，而且非常有智慧，他就是蒲克斯勳爵。

蒲克斯勳爵抽著菸斗，不多話。報紙說，情況可能會穩定下來，因為如果蒲克斯勳爵接手這件事，他就會把事情做好做滿。如果他做出承諾，就會信守承諾。

所有的國王們都來到了福法卡島上。蒲克斯勳爵拿起名單點名，看看是不是所有人都到齊了。

「到，到，生病，到，去上廁所馬上回來，到，不在……」

幾乎所有的國王都到齊了，大家都靜靜等待蒲克斯勳爵會說什麼。但他只是把菸草裝進煙斗，一點都不急。

「現在就讓每個人輪流說，他想要什麼，還有他為什麼生氣。」

他們於是開始說，有人聲音比較大，有人聲音比較小，有人三言兩語，有人長篇大論，有人紅著臉結結巴巴，有人咳嗽，有人口齒不清。有人揮舞雙手，有人點頭。

以前的會議只進行兩三個小時，現在則從早開到晚。蒲克斯勳爵不斷把菸灰倒出來，又重新給菸斗塞滿菸草，什麼都不說。他被人稱為鋼鐵老頭，這稱號不是平白得來的。他完全沒有抖一下。如果有人想要打斷別人的話，或是在不該他發言的時候出聲，蒲克斯勳爵只要看一眼，就可以讓他安靜下來。

幾乎沒有人在聽別人說話了，大家都精疲力盡。每個人都只好奇，蒲克斯勳爵會說什麼。

終於，所有人都說完了。一片寂靜。記者們削好了鉛筆，拍了電報叫報社裡的人準備好，因為接下來蒲克斯勳爵就要說話了。但他只是抽完了菸斗，倒了倒菸灰，清好菸斗，收了起來，然後說：「嗯。」

然後他環顧四周，說：「明早七點，召開第二場會議。」

記者們趕忙去拍電報，但是他們不好意思在報紙上寫，蒲克斯勳爵只說了「嗯。」然後就沒別的了，所以每個人都絞盡腦汁掰出一篇演說，送回自己的報社。

國王們在七點聚集，但是他們都很生氣，也沒睡飽。而蒲克斯勳爵已經在抽他的菸斗了，他再次點名，看誰到了、誰沒到、誰遲到。

「因為昨天發言時，沒有人知道別人會說什麼，現在既然大家已經知道了，就讓大家再說一次，他想要什麼，還有他為什麼生氣。」

國王們又開始說，有人說的和昨天一樣，有人有點不一樣，有人忘記自己昨天說了什麼，於是說了完全不一樣的事。鋼鐵老頭又把他們都留到了晚上，然後用這句話結束會議：「很好，明天我們早上六點見。」

隔天，會議又和前一天完全一樣，只是到了晚上，蒲克斯勳爵叫他們隔天凌晨五點開會。

國王們都氣得快要發瘋。

「您明天會來開會嗎？」他們問彼此。

大家都說，不會，蒲克斯勳爵是在尋他們開心還是怎樣啊——叫他們說話，而自己只顧著抽菸斗。真是個蠢蛋——國王們一點都不習慣這麼早起，也不習慣開這麼久的會。

但是他們怕蒲克斯勳爵，所以還是會去開會。為什麼怕？他們自己也不知道。就像在學校裡一樣：有些老師會大吼，會叫你去罰站，或是擰著你的耳朵，但是學生也不聽他們的話。而有些老師只是看你一眼，你就渾身發抖了。而蒲克斯勳爵不只會用銀色眉毛下的雙眼威脅地盯著你看，還會抽菸斗。

蒲克斯勳爵要他們重複這樣做了五天，五天的議程都大同小異，因為在此同時來了一些新的國王，他們必須知道會議的內容。而每天國王們都說的不一樣，因為每天都有新的新聞。

前四天，國王們都很生氣，但是到了第五天他們都很謙卑、很疲累，他們的王冠甚至戴歪了，他們都帶著恐懼的眼神看著蒲克斯勳爵的菸斗，彷彿他們的希望與救贖都懸在蒲克斯勳爵的菸斗上，而不是在王冠與大砲上。

「明天是星期天。」當最後一個國王說完他想要什麼，還有他為什麼生氣後，年輕的國王低聲說。

蒲克斯勳爵站起身，深呼吸了幾次，然後用強而有力的聲音說：「星期一，我們凌晨四點見。」

國王們很快地站了起來，整理好王冠，披上披風，忙不迭地跑出去。有人試圖說服其他的國王，在星期日瞞著蒲克斯勳爵約一次祕密會議，談談接下來該怎麼辦。

「我們不能讓這種情況持續下去。」

「饒了我吧，國王，冷靜點，我什麼都不知道，我要去睡了，星期一可能會是世界末日。」

但是世界末日沒有來，大家只是坐在自己的位置上，乞求地看著蒲克斯勳爵的菸斗。

「各位國王，我們必須決定，如果我們抓到麥提，該怎麼辦，還有如果我們沒抓到麥提，該怎麼辦。我們必須決定，如果我們活捉麥提，該怎麼辦，還有如果我們發現麥提死了，該怎麼辦。我們必須決定，如果麥提抱著和平的意圖自願出現，該怎麼辦，還有如果他向我們宣戰，該怎麼辦。我們不知道麥提逃到了哪裡。如果多眠斯科的證詞可信，麥提依然留在自己之前的國家。但是多眠斯科上校也可能會搞錯，麥提有可能在年輕的國王的國家，並且可能領導革命，或者他也可能會在黑人的國家，這些國家已經向白人國家宣戰了。在這兩種不同的情況下，我們必須做出不同的決定。我們必須記得，在所有的黑人國王之中，在場的只有邦．德魯瑪，而在黃種人國王之中，在場的只有齊塔奇瓦。各位國王，問題還沒結束。我們必須決定，如果孩子們跟隨麥提反抗我們，該怎麼辦，如果麥提成功讓大人也加入反抗，該怎麼辦。我把這十件事列為今日會議的議題。我現在中斷會議，休息五分鐘，之後我會讓大家投票表決，大家想要先討論哪個議題。」

所有人都從椅子上彈了起來。

「他把我們搞得好累。」

「我們無法活著走出這裡。」

「他要讓我們在這裡開整整一年的會嗎？」

「我要走了，我阿姨生了重病，我得離開。」

「我也要走了，因為我盲腸要開刀，醫生只允許我來這裡一個星期。」

「我也很趕時間，因為我的兒子出生了，你看，我甚至有照片。」

「明天我妹妹結婚，我一定得去，不然她會生氣。」

每個國王都拼命想著，如何躲避蒲克斯勳爵。但是當蒲克斯勳爵說，五分鐘到了，大家都安靜了下來。

「誰想要發言？這十個議題中，我們要先討論哪一個？」

沒有人說話。

「誰想要發言？我問第二次。」

鴉雀無聲。

「我問第三次，誰想要發言？」蒲克斯勳爵問。

突然，會議桌下有了動靜，麥提從桌子底下鑽了出來，說：「我想要發言。」

國王們都驚呆了，差一點從椅子上摔了下來。但是蒲克斯勳爵連眉毛都沒有動一下，只是看著他們，然後轉向秘書，下了命令：「請在出席名單上寫下麥提國王，並在旁邊附註：遲到了非常久。」

蒲克斯勳爵點起了菸斗。

「國王，您知道我們今天要談論什麼議題嗎？」

「當然，因為我聽到了。」麥提說：「因為我活著，而且人就在此處，所以我想討論第五個議題：『如果麥提抱著和平的意圖自願出現，該怎麼辦。』」

「很有道理。」蒲克斯勳爵說。麥提坐了下來，然後蒲克斯勳爵問：「誰還想要發言？」

就算有國王想要發言，他也沒辦法，因為他們都被眼前發生的事嚇得目瞪口呆。如果他們不是國王，我會說：「他們把舌頭忘在嘴裡了。」

「如果沒有人要發言，那我們就終止討論，開始投票。若有誰贊成改革者麥提國王一世的提議，請舉起右手的兩根手指頭。」

國王們都舉起了手。

「改革者麥提國王一世的提議通過。」蒲克斯動爵說：「請寫在會議紀錄。」

突然，年輕的國王清醒過來，站起來說：「請容我提出一個關於形式的討論。」

「年輕的國王有權發言。」

「我想問，我們是否應該稱呼麥提為國王，如果他已被自己的人民奪去了王冠，又在上一次的戰爭失去了國家？蒲克斯動爵稱他為麥提國王，而且對待他的方式彷彿他和我們一樣平等。因此我想請大家決定，我們是否應該和麥提一起討論他接下來的命運。麥提是我們的俘虜，麥提失去了自己的國家，而這個國家……」

「那又怎麼？」波魯赫國王突然打斷他：「難道麥提是唯一一個失去自己國家、然後又重新獲得的國王嗎？我也失去過自己的國家，然後我耐心等待了兩千年。」

蒲克斯動爵漲紅了臉，說：「波魯赫國王沒有權利發言。年輕的國王還沒有說完，請年輕的國王繼續發言。」

「如我所說，麥提是我們的俘虜。他應該為逃跑而被懲罰，但因為他自願出現，我們可以給他從輕量刑。再說，麥提會自願出現，也是因為他知道我們不管怎樣都會找到他的。」

「國王，您說完了嗎？」蒲克斯動爵問。

「我說完了。」

「我要求發言。」麥提說。

「改革者麥提國王一世有權發言。」

「年輕的國王滿口謊言。」麥提說：「一小群叛國者奪走了我的王冠，而不是全體國民。三十個被炸彈嚇破膽的膽小鬼無法奪走國王的王冠。再說，他們其中一個在我面前跪下，向我道歉，而且再次稱呼我為國王。而你們的警察笨得要命，我還可以繼續躲一百年。我說完了。」

「還有誰想要發言？」蒲克斯勳爵問。

「我。」麥提說。

「改革者麥提國王一世有權發言。」

「我建議，我們把會議延到明天，因為國王們必須想一想，討論一下，該說什麼話，因為我們沒辦法立刻討論這件事。」

「沒錯，沒錯，得中斷會議。中斷會議……」

國王們站了起來。大家都在說話，喊叫，吵成一片，甚至蒲克斯勳爵都沒辦法讓他們安靜下來。

延後……中斷……明天……我們得想想……夠了。

蒲克斯勳爵站起來，重重地往桌上敲了一拳，噴出一大團煙霧，大家終於安靜了下來，但是依然站著。

「請坐下。」

他們站著。

「請坐下。」蒲克斯勳爵說，他的聲音因為憤怒而顫抖。

於是，麥提坐了下來。當麥提一坐下，所有人也跟著坐了下來。

「我們現在要投票表決麥提國王的臨時動議，把會議延到明天……」

「十點。」麥提補充。

「明天十點。」蒲克斯勳爵說。「若有人同意，請舉手。」

大家都舉起了手，除了年輕的國王和邦．德魯瑪。

「有誰反對？」蒲克斯勳爵問。

大家看著年輕的國王，但他一語不發。

「誰要放棄投票？」蒲克斯勳爵問。

「我。」年輕的國王說：「我反對所有麥提的提案。這是國王們的會議，而麥提不是國王。請在會議紀錄上寫：不同意見書。」

「全體同意，除了一人，麥提國王的提議通過，會議延遲到明天十點召開。」

道別時，蒲克斯勳爵向麥提伸出手，說：「國王，您成功地掌控了局面。」波魯赫國王靠近麥提，想和他說話，但麥提不情願地躲開了。麥提最不喜歡的就是說謊的人。麥提知道大人會說謊，但是波魯赫國王竟然臉不紅氣不喘地說，他等待失去的王冠等了兩千年，這也太醜惡了。人最多只能活一百年，而他還說什麼兩千年……

◇◇◇

麥提獨自一人去海邊，坐在一塊石頭上——他很累，而且很憂鬱。他花了那麼大力氣，受了那麼多苦，是為了什麼？又是為了誰？只有克魯—克魯依然對麥提忠誠。但是克魯—克魯不知道、不明白，甚至不應該知道和明白，是什麼奪走了麥提的鬥志和工作的欲望。沒必要讓克魯—克魯擔心，至少讓她開開心心吧。

但這是什麼？有人在唱歌，麥提認出那是憂鬱的國王。

當麥提從會議室走出來，憂鬱的國王站在走廊上等他。麥提和他擦身而過，假裝不認得他。麥提不生憂鬱的國王的氣，再說，他也什麼都不在乎了。他希望這整件事越快結束越好，他要請蒲克斯勳爵盡快把他送到無人島。如果麥提的祖母善良的蘇珊娜可以自願去修道院，那為什麼疲累、憂鬱的麥提國王不能在無人島上終止他波濤洶湧的人生呢？

麥提不後悔逃亡。他現在是以國王的身分來到這裡，而不是受刑人或奴隸。他是心平氣和、自願前來的，因為他知道，已經沒有回去的理由，也沒有人在等他回去。

「麥提，你允許我在這裡坐下嗎？」憂鬱的國王問。

「我沒有權利不允許，這不是我的島。」

「但是你先來的。」

「我可以往旁邊一點。」

好一段時間，他們都沒有說話。

憂鬱的國王從口袋裡拿出一把堅果，遞給麥提，麥提接了過去。他用牙齒咬開堅果，把殼吐到海裡。看著殼在岸邊打轉很令人愉快，之後浪來了，殼就消失在白色的泡沫中，你不知道它們會被帶到何方。

「你住在哪裡，麥提？」

「第一天晚上我睡在一棵香桃木下，第二天晚上我睡在會議室的桌子下。」

「你還要堅果嗎？」

麥提說：「不用了，謝謝。」

「國王們住在行館，而我在一個小漁屋裡租了一個小房間，裡面有兩張床，很乾淨。」

麥提微微一笑，因為他想起監獄裡的蜘蛛和臭蟲。

「我什麼都不能做。」憂鬱的國王彷彿在自言自語：「他們甚至不准我拋下王位，到無人島上去。」

「我聽到了。」麥提說。

「麥提，你看起來很悲慘。他們認不出你，這也是正常的。你這段日子過得很糟嗎？」

麥提直直看著憂鬱的國王的眼睛，然後說：「國王，我怎麼逃的，我在逃亡期間做了什麼，還有我怎麼來到這裡的，是最高機密。這祕密不只屬於我，也屬於那些好心或愚蠢的人們，他們也許知道也許不知道我的身分，但他們確實幫助了我這個流浪的國王。我不會告訴你任何細節，因為我不想要他們遇上麻煩。憂鬱的國王，我已經任何人、任何人都不相信了，包括你。」

憂鬱的國王沒有回答，只是拿起小提琴開始演奏，他的眼中流下淚水。

現在聽仔細了，現在我就要告訴你們，麥提是如何來到福法卡島，還有他為何想去無人島。我不知道我的資訊是否完全正確，因為過去十二年來，一百個最有名的教授在報紙上為此爭論不休，你分不清楚誰是對的。每個人對麥提如何逃亡都有自己的說法，我選出了最有趣的版本。老實說，麥提到底是怎麼逃的也沒差啊，不是嗎？

所以事情是這樣的：麥提在孤兒院待了一個星期後，告訴其中一個男孩他是國王。男孩原本不相信，但後來信了。一開始一切都很好，但後來大家出去散步時，在街上看到告示說抓住麥提有一千萬賞金，於是他們決定出賣麥提。

當他們手牽著手在街上散步時，從監獄中被放出來的克魯一克魯剛好坐車經過，認出了麥提。克魯一克魯於是說，她想要參觀孤兒院，因為等她回國，她也要蓋一個孤兒院給黑人小孩。她買了五磅的糖果，寫了一封信給麥提，要他耐心等待，因為克魯一克魯依然對麥提忠心耿耿，一定會幫麥提奪回王位，她會去找那些和白人國王宣戰的黑人國王求援。她一邊假裝發糖果給孩子，一邊把信塞到麥提手中。在此同時，麥提也偷聽到男孩們打算背叛他，於是逃出孤兒院，逃到那個曾經在狼群逃出動物園時幫助他、給他牛奶喝的老婆婆那裡。他走進老婆婆家，但沒遇到老婆婆，反而遇上她兒子。她兒子從很遠的國家來到這裡，要把老婆婆接去和他一起住。但是他不認識麥提，以為麥提是小偷，因為麥提是悄悄進來的。如果麥提知道他是老婆婆的兒子那還好，但問題是他不認識。老婆婆的兒子差一點就要把麥提抓起來送去警察局，但還好他們在大門前遇到了老婆婆。麥提出聲叫老婆婆，兒子很驚訝，他們怎麼會認識？老婆婆馬上就認出了麥提，於是他們把他帶上樓。

而火腿店的老闆（其實不是他，是他太太）告訴警察：麥提之前住在他們家，偷了香腸就跑了。但是警察不是很相信她的話，因為很多人都跑來說他們看到了麥提，畢竟大家都想要獎金。但是當孤兒院的男孩們寫信來說麥提去了他們那裡，信中也提到了香腸，警察就明白火腿店老闆娘說的是真的。警察總長嚇得半死，因為他寫過報告，說麥提絕對不在首都，現在他才開始追捕麥提。而監獄裡也通報，他們找到了麥提挖的洞。

麥提發現情況不對，於是寫信給克魯—克魯。他們想不出別的辦法，於是決定，麥提會和克魯—克魯一起走。但是要怎麼走？克魯—克魯有條狗，她把狗毒死，在晚上埋了，但是她謊稱，她想把狗帶回自己的國家，於是木匠給她做了個箱子，這時候，老婆婆的兒子來了，假裝要給狗剝皮，實際上他是把麥提裝在袋子裡帶了過來。他們把麥提放在箱子裡，於是，麥提就假裝成狗的標本，坐上了火車。

我們很難說，麥提受了多少苦。麥提一向很高傲，當克魯—克魯和猴子一起關在籠子裡來到這裡，她還很野蠻，一點都不會覺得不好意思，只是不舒服而已。而且，克魯—克魯是和活生生的猴子一起被關在籠子裡，而不是被裝在袋子裡，假裝成狗的標本。克魯—克魯是國王的女兒，不像麥提是國王。講故事很輕鬆，但如果你必須自己經歷這一切，就一點都不輕鬆好玩了啊。

現在逃亡比較容易了，因為沒有人看守克魯—克魯。他們讀了報紙，讀到蒲克斯勳爵把國王們召集到福法卡島上開會，麥提決定去福法卡島，而克魯—克魯則去找叛亂的黑人國王們。克魯—克魯買了一條小船，她沒有上去那艘在等她的戰艦，而是和麥提一起上了小船出海。他們在海上遇上了一場風暴，雖然風暴不大，但對小船來說還是很有威脅性的，而且你永遠都不知道，小風暴會不會變成大風暴。

他們划了兩天的船，麥提上了福法卡島，而克魯—克魯則繼續航行。和克魯—克魯分開，麥提覺得很難過，但是沒有別的辦法。到了島上，要偷溜到桌子下一點都不難，因為這裡沒有警察。島上治安良好，即使是國王在這裡都很安全。

麥提看起來很悲慘，這是當然的，經歷過這一切後，他要怎麼看起來神清氣爽呢？

「來和我一起住吧，麥提。」憂鬱的國王請求。

「好，住在小漁屋總比住在國王的行館好。」

他們一起喝了茶，但是談話沒有交集。兩人都有很多事想要說，但是他們的話都很少。

「什麼是不同意見書、通過和討論？」麥提問。

「別提了，麥提，不要去理會那些蠢事，這一切都只是為了讓笨蛋在會議上可以裝聰明。」

「蒲克斯勳爵聰明嗎？」

「國王們怕蒲克斯勳爵，而蒲克斯勳爵——麥提，別以為我是為了討你歡心才這麼說——蒲克斯勳爵怕你，他自己也和你這麼說了。」

「他說我成功地掌控了局面，這是什麼意思？」

「意思就是：他們現在被你吃定了，你可以決定一切。年經的國王是你唯一的敵人，但是大家不喜歡他。當我們只有三個國王，他還可以反抗。但現在，你手中有三十四張支持票，你想要怎樣就可以怎樣。」

「太遲了。」麥提說，把頭枕在手上。「我已經什麼都不想要了，什麼都不想。」

「麥提！」憂鬱的國王驚恐地大叫：「我認不出你了，你不可以這麼說。你明天就可以重獲國家和王位，你叫那些舉白旗投降的人膽小鬼，而你身為國王、身為這個國家的領導人，卻在勝利的前夕背叛了自己，而且不只是自己，還包括你的改革、工作和戰鬥，也就是孩子們的權利。

醒一醒，麥提，好好想想，只剩下一天，這最後的一天了。」

麥提把頭枕在手上，沉重地嘆了一口氣，又一口。

「我要這勝利幹嘛？」他輕聲問。

「你不需要，麥提，但是全世界的孩子都在等你的勝利。他們相信你，你承諾了他們，你的名字是改革者麥提國王一世，你不能就這樣放手。」

麥提站了起來，拿起釣竿去海邊。他的思緒一定很沉重，因為雖然魚源源不絕地游到岸邊來，但一直到夜晚，他依然一條都沒釣到。

◇◇◇

會議的氣氛很火爆，每個人都各執一詞，大家都很氣憤，只有蒲克斯勳爵老神在在地抽他的菸斗。

「我們有兩件事要處理。」蒲克斯勳爵說：「第一件事是關於麥提和他的王國，第二件事則是關於孩子。如果麥提擁有自己的國家，孩子們就會反抗。全世界都會陷入不安，學校也會一片混亂。赫斯特斯王子已經率領孩子們上街遊行了，接下來還會有什麼？孩子們可能會選麥提為國王，或是要求在每個國家都有兩個國王：一個是大人的，另一個是孩子的。到時候我們該怎麼辦？所以我們必須事先決定好，我們要不要給孩子們權利，還有要給他們哪些權利。」

「權利？」帕夫努斯皇帝大吼：「如果我兒子膽敢加入反抗，我會把他的褲子脫下來，狠狠打他一頓屁股，讓他永世難忘。現在人們主張不打孩子，這真是愚蠢的的流行！你就是得打孩子啊，如果打一次沒用，就打第二次。你得用手打，如果沒用，就用樹枝做成的棍子打[5]。如果再沒用，那就用皮繩抽。」

大家都望向麥提，但他沉默不語。

「有誰想要發言？」蒲克斯勳爵問。

「我的方法不同。」歐瑞斯特斯國王說：「我不喜歡打孩子，因為打完他就忘了。最好的方法是不讓他吃飯。如果你不給孩子早餐和午餐，他就會餓，然後就會明白應該聽大人的話。我幹嘛要浪費力氣去打他？只要把他關在黑暗的小房間，讓他嚐盡恐懼的滋味，他就會放下那些愚蠢的念頭了。」

「我們不能給孩子任何權利。」有黃種人朋友的國王說：「孩子們很輕率行事，他們缺乏智慧和經驗。麥提給了孩子權利，你們看看，發生了什麼事。孩子們命令大人去上學，然後自己把

5 原文rózga，是一種用細樹枝捆在一起做成的棍子，打起來很痛。

所有的一切弄壞。沒必要打孩子，因為這會讓孩子更生氣。讓孩子挨餓則會有更多麻煩，因為他們可能會生病，然後長成一群病夫。我們應該要和孩子解釋，他們必須等，等到他們變聰明。」

「我要求發言。」憂鬱的國王說：「我不同意各位的意見。我們現在談論孩子時所說的話，我們以前也在談論農民、工人、女人、猶太人和黑人時說過。『他們這樣，他們那樣，所以我們不能給他們任何權利。』然後，我們給了他們權利，雖然現在的情況依然不盡理想，但是比以前好多了。麥提太快給予孩子權利，而且一下子給得太多了，應該要慢慢來。孩子們應該要有錢，這樣才能去買各種東西。雖然孩子會花錢買愚蠢的東西，但是難道大人們就不會花錢亂買嗎？我們可以借錢給孩子，等他們長大再還。現在孩子們有點像乞丐，不管他們想要什麼，都得用求的，得去討好大人，等他們心情好才會給。話說回來，現在孩子的權利也比以前多了。以前父親有權殺死孩子，現在則不能這麼做。如果父母打孩子打得太厲害，這也不被允許。父母也不能不送孩子去上學。所以我們談論的不是『給不給孩子權利』，而是『還要給他們哪些權利』。孩子們並不比大人差。」

「國王，您又沒有孩子，怎麼知道如何教養孩子？」年輕的國王酸溜溜地說。

「我要求發言。」康帕涅拉女王說。她一聽到麥提在會議上，立刻就火速趕來了。

但是康帕涅拉女王還沒有開始說，就傳來一陣吼聲。那叫聲如此可怕，彷彿發生了火災。

邦・德魯瑪第一個跳起來，跑到窗邊，其他人也跟著跑去。

「叛徒！」有人大叫，想要抓住邦・德魯瑪，但是已經太遲了。邦・德魯瑪從窗口跳了出去。再說，抓住他也沒什麼用，因為大家來不及把門鎖上，所以黑人們都闖進了會議室，開始把白人國王綁起來。率領這群黑人的，正是克魯—克魯。

「麥提，你自由了！」克魯—克魯說。

「我宣布休會！」被綁起來、手中沒了菸斗的蒲克斯勳爵大叫。

「要把有黃種人朋友的國王也綁起來嗎？」

「我不知道。」克魯—克魯說：「現在麥提是我們的領袖了。」

麥提認出了這些黑人。和他一起去沙漠的教授說，他們是最野蠻的食人族。他們是划船高手，但是他們太野蠻了，甚至連邦・德魯瑪都怕他們，只允許其中少數人來到他的國家。現在邦・德魯瑪（他已經不用在白人國王面前偽裝了）看起來不太高興，雖然他講話很小聲，但看得出來他很生克魯—克魯的氣。

他們沒有時間可以浪費了。有些黑人正在把白人國王五個五個捆成一堆，另一些黑人則在把被綁起來的行館員工和島上的少數士兵搬出去。

這些黑人真的非常野蠻，他們只會數到五。還好是如此，不然他們就會把所有的白人國王綁成一堆，這樣子大家就會窒息了。現在在麥提面前就跪著三名黑人將軍，等待麥提下令。

突然，邦・德魯瑪大聲地說了一些什麼，用雙手倒立。克魯—克魯也照做了。麥提明白，他也應該要這麼做，所以他很快地走到牆邊，這樣他倒立時就可以把腳放在牆上，因為他無法像邦．德魯瑪他們那樣不靠任何支撐就倒立。

「可以了。」邦．德魯瑪說：「現在站起來，踢每個將軍的鼻子一下。」

麥提心不甘情不願地照做，但是沒有別的辦法。每個被踢的黑人將軍都翻了五個後空翻，然後用雙手倒立。

「現在從桌上拿一塊木頭，繞著每一堆被綁起來的國王走五圈，但是不要回頭看，因為會有壞事發生。親愛的麥提，每一堆走五圈，不要搞錯了。」

麥提於是開始走，他後面跟著邦．德魯瑪、克魯—克魯和三個黑人將軍，但是麥提不能回頭看。

麥提猜到，他身後的黑人們是用倒立行走的。他不知道哪一個比較丟臉？是他們把他放在袋子裡，像狗的標本一樣帶到島上來的時候，還是現在，當白人國王們看到他有什麼樣的朋友？麥提寧願自己是被綁起來的，也不要率領這群人，進行這場瘋狂的遊行。但是他不敢鬆懈，他知道這不是鬧著玩的，只要犯一點小錯，這個世界上就不會有白人國王了。

還有四堆要走，還有三堆。和這相比，監獄裡的散步根本不算什麼。國王們也明白了，眼前的情況很糟，於是他們安安靜靜躺著，大氣都不敢喘一口。幸好，麥提在監獄中學會了數步伐和用不同的方式走路，因為邦．德魯瑪每次給的指令都不一樣。

「麥提，現在大步走，現在小步走，現在身體往右彎，現在把木頭往上抬，現在用腳跟走路。麥提，不要把神像丟在地上，即使當它開始變燙。」

麥提手中的木塊真的越來越燙了。

終於是最後一堆了。在最上方躺著被綁起來的康帕涅拉女王，麥提半閉上眼睛。

「現在走出門外。」氣喘吁吁的邦．德魯瑪說，因為這遊行也把他累壞了，他已經不年輕了。

麥提走下階梯，木塊真的變得很燙手，彷彿他拿著的是一杯滾燙的熱茶，最後，他真的拿不住了。

「邦．德魯瑪，好燙！」

「麥提，有耐心一點，快結束了。」

「我們可以走快一點嗎？」

「不行。」

麥提明白了，如果可以的話，邦．德魯瑪也會希望這儀式趕快結束，但就是不行。（相較之下，白人國王的儀式簡單多了）

最後，儀式終於結束了。

食人族的祭司從麥提被燙傷的手中接過燒焦的木塊。

「這一切代表著什麼？」麥提問克魯—克魯，她正憂愁地看著麥提被燙傷的手。邦．德魯瑪這時已經走開了，去和其他黑人一起跳某種可怕的戰舞。

「我做了蠢事，麥提，但是請你別生氣。我很怕，如果我不趕快過來幫忙，那些白人國王會對你不利。現在危險已經過去了，但是情況本來可能很糟。你的手很痛嗎？」

戰舞持續了三小時，在此同時，邦．德魯瑪、克魯—克魯和麥提從地下室中取出伏特加、葡萄酒和利口酒。

「當戰舞結束，」邦．德魯瑪說：「我會維持秩序，你們就倒酒給大家，每個人倒半杯，在每一個杯子中，麥提要放一顆種子進去，克魯—克魯則要放三顆。」

他給克魯—克魯和麥提一人一個袋子，裡面裝了好像是豆子的東西。邦．德魯瑪還把麥提手上的水泡割破，塗了某種液體，不然的話，麥提根本沒辦法拿酒瓶，也無法把豆子放到杯子裡去。

麥提的手都沒力氣了。邦．德魯瑪一邊維持秩序，一邊把黑人送去麥提和克魯—克魯那裡。但是，去克魯—克魯那裡的人比較多，麥提猜想，邦．德魯瑪是把比較野蠻的黑人送去克魯—克魯那裡。

我不會在此描述野蠻人是如何瘋狂追逐、鬼吼鬼叫、做怪表情、把伏特加葡萄酒和啤酒混在一起喝。我不想浪費時間對讀者說這些可怕的事，這只會令人不快。我只要告訴你們這一點就夠了：食人族們生吞活剝了四個同伴，他們甚至沒有把頭髮上的羽毛拿下來，這比老虎還野蠻。

「這一切什麼時候才會結束？」麥提問，越來越渴望盡快到無人島上。就讓他們愛做什麼就做什麼吧，讓他們吵架、同意、給予和剝奪麥提的權利，甚至讓他們吃人都好，只要和他無關。

終於，食人族喝完了最後一杯醋（因為已經沒酒了），他們灑了最後一顆豆子，最後一個黑人也離去了。

終於結束了。

◇◇◇

黑人們吃了康帕涅拉女王。他們連聲道歉，舔著麥提的鼻子和嘴巴，絕望地翻滾。他們不知道，他們以為可以，他們只吃了康帕涅拉女王和漁夫的妻子。他們準備好要根據白人的法律受罰，就讓白人把他們當成罪犯來審判吧。他們不知道不可以這麼做，然後事情就發生了。

他們很聽話。他們本來可以把所有人都吃掉的。克魯—克魯沒有說得很清楚。但這不是他們的錯。他們的認知是這樣的：他們要去打一場很辛苦的仗，必須趕快過去，這場仗很難打，十個黑人之中會有九個死去，但是報酬是，他們可以吃個痛快。不只是那些最野蠻的黑人這麼想，連那些沒那麼野蠻的黑人，也抱著同樣的看法。

他們很聽話。麥提叫他們把最野蠻的黑人送走，他們就把睡著的那些黑人放上船，讓船飄出海。所有人都必死無疑，因為他們不會划船。麥提叫他們只留一百個人下來，他們也聽命去做了。麥提叫他們把白人國王放開，他們二話不說就給白人國王解開了繩子，沒有人動這些國王一根寒毛。他們尊敬邦・德魯瑪，愛著克魯—克魯。而麥提？麥提是他們最尊敬的白人國王啊。

難道他們只是為了嘴饞才吃嗎？這兩個女人拿來塞牙縫都不夠呀。是沒錯啦，他們聽說邦・德魯瑪和白人國王簽了約，承諾黑人以後不只不會吃白人，也不會吃黑人。他們聽說了，但不是很確定。等到克魯—克魯建了鐵路和電報系統，開始辦報紙，教會他們讀寫和使用大砲，那時情況就會不一樣，但那是以後的事啊。

他們承認自己犯了錯：他們注意到了康帕涅拉女王，因為她就躺在一堆國王上頭，他們知道她是女王。他們在晚上用枕頭悶死了她，然後從排水管爬下來，把她拖出去。真可惜，一切都進行得這麼順利，如果在過程中她有叫喊就好了，或是如果有人（不一定是麥提）告訴他們不能這麼做，那就好了……而他們吃了漁夫的妻子，因為每個人都知道，一百個食人族光吃一個女王是不夠的……但是算了，有什麼好說的？他們犯了錯，現在他們自行請求懲罰。

會議的氣氛很凝重。即使是平常看起來冷靜無比的蒲克斯勳爵，也深深為康帕涅拉女王的死感到遺憾。

「請大家起立，為被吃掉的康帕涅拉女王默哀。」

大家都站了起來。

「關於今天的會議內容。」邦・德魯瑪舉起兩根手指。邦・德魯瑪想要說什麼？

「白人國王們，」邦．德魯瑪說：「我的黑人兄弟們很野蠻，這我很清楚。他們傷害了你們，沒錯。但是該為此負責的人不是我，而是你們。你們給自己蓋了漂亮的宮殿，但你們完全沒想過我們。你們彷彿給了我們權利，但這不是所有的權利。我們沒辦法光靠自己的力量站起來，我請求你們在這場會議上不只討論白人孩子的事，也要討論黑人孩子的事。如果我們這一代的老人注定要過悲慘的生活，至少讓我們的孩子過得好吧。」

蒲克斯勳爵說：「我們有四項議題要討論。第一，白人孩子的權利。第二：要如何處置麥提。第三：要如何處置康帕涅拉女王的國家。第四：黑人孩子的權利。」

但是會議進行得很不順利。國王們都很生氣，而在場的一百個黑人更令他們不安。雖然行館前有白人士兵在站崗，晚上還會換崗，但是他們要怎麼肯定，新的黑人不會來？或許原本的那批黑人又會來找他們？在這種情況下，他們要怎麼開會啊？

就讓麥提說他要什麼吧，不管他說什麼他們都會同意。第一，感謝麥提他們才能保住性命，第二，那些黑人會在這裡，很明顯就是為了在有什麼萬一時，衝過去保護麥提。雖然他們身上沒有槍炮，但他們的箭搞不好有下毒。再說，他們幹嘛在乎麥提的事？憂鬱的國王是麥提的好朋友，有黃種人朋友的國王一定會交還他拿走的領土，只要齊塔奇瓦同意就好。至於惹出這一堆麻煩的年輕的國王，就讓他把王冠還給父親，因為他根本不知道怎麼處理自己國內的抗爭。

每個人都抱著這樣的想法，每個人都在等麥提說話，而麥提沉默不語。

「可憐的康帕涅拉女王。」麥提想：「我待她很差。她因為我而擔了多少心啊，而現在她還被食人族吃掉。為什麼我不能像其他國王一樣好好地、安份地治理國家？如果我安份守己，就不會有戰爭，也不會有這些不幸了，一切都是我的錯。」

最後，大鬍子阿方索國王不耐煩了，於是正式要求麥提說出自己想要什麼。

「國王，您要發言嗎？」蒲克斯勳爵問麥提。

「當然。為了向康帕涅拉女王表達哀悼之意，我建議明天再開會。」

你不能拒絕這項請求，所以雖然其他的國王老大不願意，還是同意了麥提的建議。因為島上沒有棺材，所以大家把女王和漁夫妻子的骨頭裝在一個葡萄酒箱子裡，然後在一間小禮拜堂舉行了禱告儀式。

麥提和克魯─克魯在香桃木下會面。

「麥提，你生我的氣嗎？」

「親愛的克魯─克魯，該生氣的人不是我，而是你們。如果沒有我，妳就會好端端地在邦．德魯瑪的國家生活。因為我，妳才被關在裝了猴子的籠子裡，飄洋過海來到這裡。因為我，妳才被關在監獄。因為我，妳才開始想這些不幸的改革。」

「麥提，你在說什麼鬼話啊？為了讓世界更好而活著、工作、戰鬥，是最快樂的一件事啊。」

麥提嘆了一口氣。

「那就去工作吧，克魯—克魯。」

「嗯，那你呢？」

「我要去無人島。」

「為什麼？」克魯—克魯驚恐地大叫。

「這是我的祕密。」

麥提不想讓年輕的克魯—克魯退縮，但是他把所有的心底話都告訴了憂鬱的國王。

「我原本以為，孩子很善良，只是很不幸而已。但孩子其實很邪惡……我不想讓你認為，我是因為害怕或覺得無聊才這麼做，所以我會對你說實話，但不要對別人說，就讓這件事留在你我之間。我以前不了解孩子，我現在了解了。孩子很邪惡，非常邪惡，我也是邪惡的，邪惡而且不知感恩。以前，當我還害怕大臣、宮廷司儀、家教和其他人時，我會聽他們的話，安安靜靜坐著……但當我真正成了國王，我做了一堆蠢事，因此吃足苦頭。不只是我受苦，我還讓許多無辜的人受苦。」

麥提重重用手敲了桌子，站了起來，背著手，在漁屋裡踱步。

「孩子很邪惡，他們不公平、充滿惡意、愛說謊。如果有個孩子口吃、有點斜眼、紅頭髮、跛腳、駝背或是尿濕褲子，其他人馬上就會去嘲笑他。他們會叫：『瞎子、瘸子、駝子。』十歲的孩子會取笑八歲的孩子，等到他十二歲，他就不會想要和十歲的孩子玩。如果孩子看到別人有什麼好東西，就會想要把它騙過來，或是乾脆直接拿過來。如果他們發現某個孩子比較守規矩，就會嫉妒，然後故意惡整他。如果有個男孩很強壯又很會打人，大家就會讓他為所欲為，而另一個安靜、善良的孩子，大家則根本不會把他放在眼裡。你告訴一個孩子你的祕密，之後當你們吵架，他就會把祕密到處去跟人說。孩子們會嘲笑每一件事，找每個人的麻煩，給每個人取綽號。老師叫我們過街要手牽手，這是為了維持秩序，但我們根本沒辦法過街。因為那些找麻煩的孩子知道乖孩子不會還手（老師不准我們在街上打架），於是更加囂張。孩子之中滿滿都是小偷，如果你借了別人一個東西，之後他不只不還，還會說：『走開，滾開，不要煩我，不然我打得你滿地找牙。』他們喜歡自吹自擂。每個人都想當第一個。比較大的孩子會和年幼的孩子吵架，男孩會和女孩吵架。我現在明白，為什麼兒童議會失敗了。怎麼能成功呢？我現在明白，當我手上還有香腸時，我在他們眼中是個好人，當我沒了香腸，他們就想背叛我。哼，他們竟然還自稱是『綠旗子的騎士』呢！白人孩子就像黑人的食人族一樣野蠻，這真是丟臉。但是黑人很不幸，因為他們缺乏教育。我不想要回到白人的世界，如果我在無人島上覺得無聊，我就去邦．德魯瑪的國家，一直在那裡待到死。」

麥提忘了憂鬱的國王在聽他說話，於是說了這一大段自言自語。這些想法一直壓在他心中，他非得把這些憤怒悲傷大聲說出來不可。

所以，當憂鬱的國王開始說話，麥提甚至因為驚訝而抖了一下。

憂鬱的國王向麥提解釋，他不應該因此退卻。每一個改革者都會經歷到這些艱難的時刻，他會在這些時刻感到一切都不值得，然而事實並非如此。在孩子之中，也有邪惡與善良的孩子，有愛說謊的和誠實的，有喜愛衝突的也有和平謙遜的，有愛和人吵架、愛挑釁別人的也有親切和善的。但在孩子之中沒有秩序，好孩子會因為壞孩子而受苦。這就是為什麼我們要給孩子權利，這樣他們才能保護自己。麥提開始這麼做了，但是他不想把工作做完。既然麥提堅持要去無人島，就讓他去吧，只是請麥提不要放棄任何一項身為國王的權利。

「麥提，我懇求你，照我建議的去做，不然你會後悔的。」

◇◇◇

第一顆大砲在凌晨兩點二十分落下，砲轟一直持續到三點。炮兵隊總共發射了三百六十顆大砲，在那之後，三艘戰艦載來的士兵也登陸了，要來和食人族決一死戰。但是，不只所有的食人族都被大砲炸成碎片了，就連三個白人國王也被炸死了，五個國王還受了輕傷，因為其中一顆大砲在發射時，戰艦稍微歪了一下，大砲於是擊中行館一側。從戰艦上發射大砲是很高難度的事，因為戰艦會晃。住在行館側邊的國王都是一些不怎麼重要的小國王，但不管怎樣，這件事還是很令人不快。

邦・德魯瑪和克魯—克魯逃跑了，但是他們一定會在海上被抓住的，因為十九艘戰艦奉命在非洲和福法卡島之間巡弋，看到載著食人族的船就格殺勿論。

白人國王們用這種方式為被吃掉的康帕涅拉女王報了仇，讓這些黑色的魔鬼牢牢記住，不要再來多管白人國王的閒事。白人有無線電報，白人有大砲，雖然有時候會發生愚蠢的意外，讓白人手無寸鐵地被食人族抓住，但這些食人族可別以為白人是好惹的……而麥提也不要以為他統治了全世界，要是麥提當上了世界的領袖，我們可就有沒完沒了的麻煩了呢。

戰艦會來到島上，是因為國王們召開了祕密會議，拍了電報，要戰艦立刻趕來救援。他們也沒忘了提醒，除了戰艦，還要送一艘載滿食物的商船來，因為食人族吃光了小島上為數不多的食物，還把行館酒窖裡的酒也喝光了。而在經歷了這一切劫難後，如果還要吃小魚開會，對國王們來說會是很令人倒胃口的事。

國王們都興高采烈。無論如何，他們度過了精彩的一刻，現在他們到死都可以不斷講述自己如何和黑人激戰，還差一點被吃掉。歷史不會忘記他們的。在歷史上有這麼多有趣的、關於古代國王在戰場上的豐功偉業，現在就讓歷史也為他們添上一筆吧。

「我們難道不能在會議紀錄上寫，那三個死掉的和三個受傷的國王不是被大炮炸死的，而是在和黑人的戰鬥中壯烈成仁的？」

「我們不能偽造會議記錄。」蒲克斯勳爵冷冷地回答。

「這才不是偽造。」那個國王覺得受辱，生氣地說：「如果那些野蠻的非洲猴子沒有來攻擊我們，這些國王就不會死了。」

蒲克斯勳爵沒有回應，陰沉地宣布會議開始。

「國王們，」年輕的國王說：「容我提醒各位，我之前要求大家不要再稱呼麥提為國王，我想請各位投票表決。」

「而我也想請大家投票，稱呼年輕的國王為王儲，因為昨天的報紙上寫到，他的國家強迫老國王重返王位。」麥提平靜地說。

現場一片混亂。

「別浪費時間吵架了。」

「你們別再拖延會議了。」

「糾結在這些蠢事上頭，我們永遠開不完會。」

「我兒子出生了。」

「我盲腸要開刀。」

「我阿姨生病了。」

「我今晚就走，我受夠了。」

「麥提或麥提國王，都一樣啦，誰愛怎麼叫就怎麼叫。」

「對，麥提……」

「就用麥提國王……」

「趕快把會開完啦！」

國王們你一言，我一語。蒲克斯勳爵命人把麥提的審判紀錄拿出來，開始念：「第十二頁寫道，首都奪去麥提的王位和王冠。但是在下面我們讀到一段補充文字，麥提說：『我不同意這份由叛國者和膽小鬼所寫下的文件。我現在是，以後也會是麥提國王一世。』而在第一千零四十三頁，第十二段，有一段紀錄：『其中一個簽了決議書，奪去麥提王冠的人跪在地下，抱住麥提的腳，哭著大喊：『親愛的國王！請原諒我卑劣的背叛！』從這份紀錄中我們可以看到——」蒲克斯勳爵說：「不管是麥提還是背叛他的人，都沒有停止把麥提當成國王。所以，現在改革者麥提國王一世即將發言，開出自己的條件。」

全場鴉雀無聲，你甚至可以聽到遠處的海浪聲。國王們都做好了準備，他們以為麥提會提出很多要求，必須和他討價還價。所以當他們聽到麥提接下來說的話，都驚訝得不得了。

「我，麥提國王一世，犯了很多錯。因為我，許多人被殺了，許多人被動物咬死，被毒死，甚至被吃掉。我的曾祖母蘇珊娜自願進入修道院，而我則自願被送到無人島。我不想要治理國家，但我依然保留國王的身分。我被瓜分的國家應該重新獲得主權。如果年輕的國王堅持，他可以把港口收回去，不用假慈悲。我國家的國界應該像我父親執政時一樣，這樣人們才不會說我揮霍了祖產。就讓我國家的人民選出總統來治理國家。」

「那孩子們呢？」

麥提皺起眉，咬咬嘴唇，沉默著。

「也許讓我來代替麥提發言？」憂鬱的國王插嘴：「我是他的好朋友，我知道他在想什麼。麥提很疲倦了，他想要好好想一想他所看到的、所經歷的。當他在無人島上休息夠了，他會在新的國王會議上告訴我們他的想法。」

「太讚了！」國王們歡天喜地，大喊：「麥提國王累了，需要休息，我們也是。我們開會開得好累，我們必須回家看看國家的狀況，因為大臣沒有我們一定不知道怎麼辦。除此之外，我們也腰痠背痛，因為我們被非洲的繩子綁了好幾個小時，還躺成一堆。」

蒲克斯勳爵不是很高興，但是他很聰明，他看得出來現在會議已經失序，大家都站了起來，七嘴八舌地聊天，你沒辦法把他們的話寫下來，也沒辦法整理出一份會議記錄。但有什麼辦法？他之前可以掌控局面，現在已經沒辦法掌控了，國王們不再怕他了。

「國王們，但是我們得投票表決。」

「勳爵，饒了我們吧，讓我們帶麥提到戰艦上去，我們會在那裡吃一頓餞別的早餐。」

他們搭著麥提的肩，然後就走了出去。

麥提一開始有點抗拒，但是當大家都在求你，你實在不好意思說不。大家都很開心，都好喜歡他，就像朋友一樣。

從前，當麥提和國王、大臣以及其他大人們見面時，總會感覺到他是小孩，而他們是大人。現在第一次，他和他們平起平坐。以前，如果有一個大人對他好，麥提不知道那人是真心的，還是因為害怕他才對他好。現在麥提發現，人們喜歡他，而且一點都不生他的氣。

麥提想，國王們其實是好人。現在，他才彷彿第一次看見了他們真正的樣貌，沒有任何宮廷禮儀或規定。他們大笑、飛快地衝下樓、互相追逐。瑪爾塔國王甚至假裝自己是食人族。

「麥提一定要和我們喝一杯道別。雖然他還很小，但沒關係，他很勇敢。沒什麼好爭論的，如果有誰是個改革者，他就一點都不渺小，而是很偉大！麥提國王萬歲！」

商船上已經擺好了餐桌，桌上放滿了葡萄酒、干邑白蘭地、亞力酒和利口酒，還有一盤又一盤好吃的食物，一籃又一籃美味的水果。

他們讓麥提坐上最好的位置，給他倒滿了酒。

「讓我們為麥提的健康乾一杯！」

商船上放著國歌。國王們喝酒、吃飯，麥提也和他們一起吃喝。當他的杯子空了，國王們立刻幫他倒酒。

「麥提國王一世萬歲！」

「偉大的麥提國王萬歲！」

他們親吻麥提，要麥提直呼他們的名字。麥提喝了許多酒，頭昏腦脹，但是心情十分愉快。他和國王們一起唱歌、跳舞。

「你自己說說看，麥提，和我們白人國王交朋友是不是更愉快呢？等你在無人島上休息夠了，就回到我們身邊吧。你會過得像所有的國王一樣，無憂無慮，開開心心。以前戰爭是必要的，因為國王們住在城堡裡，被城牆包圍，覺得很無聊。現在我們有夠多的娛樂，讓我們為永恆的友誼乾一杯吧。」

他們乾杯。

「為改革乾杯。」

他們乾杯。

「為兒童的權利乾杯。」

他們再次乾杯。

但是蒲克斯勳爵、年輕的國王和憂鬱的國王沒有和大家一起飲酒作樂，因為他們留在會議室寫會議記錄。憂鬱的國王和年輕的國王吵得不可開交，一個人想要這樣做，另一個人想要那樣做。

「我不想要這樣的安排！」年輕的國王說：「就照麥提的決定去做。」

年輕的國王和憂鬱的國王注意到，他們無法達成共識，於是兩人都寫了一個自己版本的會議記錄。

「就讓麥提自己看看他要哪一個，然後簽名。」

於是他們坐上了小船，來到商船上。那裡所有人都喝得醉醺醺的，麥提也是，他們沒辦法和任何人溝通。

國王們抓住了他們，對他們又親又抱，連聲道謝，謝謝他們寫了會議記錄。有些人在唱歌，有些人開始哭，說自己差一點被食人族吃掉，有人抱怨憂鬱的國王看不起他們，不想和他們一起喝酒。

他們從年輕的國王手中搶走會議記錄，每個人都簽了名，表示這樣很好。然後他們也簽了憂鬱的國王的會議紀錄，表示這樣也很好。

「為了一點小事吵架有什麼好處嗎？國王哭一哭還更好呢，因為之後大臣就有事做了，他們會改善所有的一切，重建秩序。」

「萬歲！會議記錄萬歲！把會議從頭到尾主持完的蒲克斯勳爵萬歲！年輕的國王萬歲！憂鬱的國王萬歲！讓我們相親相愛吧！改革者麥提國王萬歲！」

4.

現在，我的故事會和之前完全不同。因為當麥提踏上無人島的那一刻，一切都和以前不同了。以前是那樣，而現在是這樣。麥提也和之前完全不同了，彷彿現在的他是在夢中，或之前是在夢中，現在才醒了過來。麥提覺得很驚訝，非常驚訝一切這麼快就改變了。

他現在一點都不在乎王位、黑人、孩子的事——不管什麼他都不在乎。他們想做什麼，就讓他們做什麼。那個以前的麥提，那個去打仗、打勝仗及打敗仗、被關起來、被俘虜、逃獄、流浪、再次逃亡的麥提，彷彿像是某個麥提聽說過、甚至曾經認識的人，但那已經是很久以前的事了。

麥提坐在海邊，把石頭扔進水中。海水的顏色是那麼漂亮，這裡好寧靜、好美麗，一切都很好。麥提不怕任何人，不用在任何人面前躲藏，不用和任何人說話，不想明天會發生什麼事。

「也許之前我經歷的那些都是夢？」

不，那不是夢，但都是很久以前的事了。

這並不是「嗯，當然，真的是很久以前的事了」，因為這些事不久前才發生。那是怎麼樣呢？沒什麼。麥提和以前完全不同了。現在他反而覺得奇怪，他好長一段時間都是那個樣子，從沒想過他可以是另一種樣子。麥提到底是誰？是驕傲的改革者，還是安靜的、自願被放逐到無人島的哲學家？

麥提成了哲學家，哲學家是一個思考所有事物，但不行動的人。哲學家不是懶惰鬼，思考也是工作，甚至是艱苦的工作。普通人看到一隻青蛙，什麼都不想，也不在乎。而哲學家會想：「神為什麼創造了青蛙？當青蛙一點都不好。」

如果普通人遇到有人來挑釁他、找他麻煩，他會生氣、打回去或保護自己，而哲學家會想：「這個人為什麼喜歡挑釁別人、找別人麻煩？」

普通人看到別人有好東西，要不就是嫉妒，要不就是想盡辦法得到同樣的東西，而哲學家會想：「有沒有可能讓每個人都得到自己想要的東西？」

這就是麥提在想的事。

麥提坐在海邊扔石頭，看起來什麼事也沒做，但他的腦袋卻轉個不停。

「人在思考的時候，腦中發生什麼事？」

為什麼人會睡覺？為什麼當你睡著的時候，沒有意識到自己睡著了？做夢到底是什麼？人是怎麼死的？為什麼人會長大，然後變老？

樹也活著，樹也會長大、變老、生病。可憐的樹，它痛了也不會說。

海也是活的嗎？也許不是。但在海中有魚。好奇怪，人不能在水中呼吸，他在海中會死掉。而魚到了陸地上則不能呼吸，會死掉。

人還沒有發明飛機之前，只有鳥能飛。好奇怪，蒼蠅能飛，人卻不行。這樣子說起來，蒼蠅比人聰明。蒼蠅也可以在天花板、牆壁和玻璃上爬，人如果這樣做，馬上就會掉下來摔傷。

金絲雀唱的歌是否是字句？其他的金絲雀會知道牠在唱什麼嗎？

麥提腦中冒出許多疑問，他試著自己回答這些疑問。彷彿麥提是老師，也是學生。這樣更好。以前當他問外國家教老師或上尉，他們會和他解釋，但是都沒有像他自己解釋得那麼清楚。現在他明白了，因為他會花很長的時間自問自答，直到明白為止。

麥提好像不是自己一個人。如果他是完全獨自一人，就會覺得無聊，但他一點都不無聊。他和自己對話，彷彿和許多人一起交談。因為思考若不是如此，那會是什麼呢？

每個人腦中一定都有許多小人，每個小人知道的事都不一樣，說的話也不同。有時候這些小人們會吵架，有時候一個小人會糾正另一個小人，或是給他建議。比如說，麥提會突然想起一件他忘記很久的事。看起來，腦袋裡的小人也會睡著，現在他醒了，於是對麥提說了這件事。真奇怪，他們竟然活著——他們是那麼地小。但是螞蟻也很小，牠們也活著，而且很有智慧。

也許他們不是小人，而是小小的機器、彈簧或什麼別的東西？就像留聲機？不，那樣比較糟，因為機器是鐵做的，是人在工廠裡做的，腦中的聲音一定是小人發出來的。

在血液和嘴巴裡好像也有某些小小的生物，你可以透過放大鏡看到他們。在水中也有肉眼看不到的小蟲。也許人們還沒有發明出讓人可以看到腦中小人的鏡片？

也許他們也在心中？人們以為，是血液在心臟中鼓動，但其實是小人在奔跑。也許他們甚至有翅膀？也許當心中有比較多憂鬱的小人，人就會感到憂鬱，而當快樂的小人比較多，人就會感到快樂？

如果是這樣，就可以理解，為什麼有時候人會做聰明的事，有時候做愚蠢的事。也許一些小人是長翅膀的天使，另一些則是長角的惡魔。

麥提有時候這樣想，有時候那樣想，他努力試著讓各種想法能合乎邏輯，不要前後矛盾。他當然什麼都不知道，就像真正的哲學家一樣，他們會思考很多事，但無法肯定每件事的答案。不過最重要的是，各種想法能合乎邏輯。

就拿禱告來說好了。這是什麼？神要怎麼知道人們在想什麼？所以是這樣的：在每個人體內都有一個小人，也許他的名字剛好是靈魂或良知。這個小人很容易知道人在想什麼，因為他就住在這個人體內。他有翅膀，當人睡覺的時候，這個小人就會從人的耳朵飛出來——完全就像蜜蜂從蜂巢裡飛出來——飛到神那裡，然後把一切都告訴神。神坐在王位上，這些小人／小蜜蜂就排隊等著向神報告。人們在睡覺，對此一無所知。而當人禱告的時候，他們自願送這些小人（靈魂或良知）去見神，小人們在白天也可以飛到神面前。

麥提有時候覺得這些小人是蜜蜂，有時候覺得他們是螞蟻或蒼蠅。但其實是什麼都一樣，人體內就是有某種會飛的東西。當人睡著，就代表小人想飛了，他會飛到神面前問，接下來該怎麼做——但是這個小人（靈魂或良知）不想告訴其他比較普通的小人（也就是其他的想法），該怎麼做，所以接下來小人們就什麼都不知道了，然後人就睡著了。

有時候麥提覺得，他腦中彷彿進行著戰爭，或某種抗爭。一個小人說東，另一個小人說西。在他腦中，一定也有軍隊和大臣。而最重要的想法，就是女王蜂。這些小人可以從一個腦袋飛到下一個腦袋。在麥提的腦中，有從大臣的腦袋裡飛來的蜜蜂，也有從蒲克斯勳爵、邦・德魯瑪、麥提的父母和祖父腦中飛來的。

有時候許多小人會從一個人的腦袋飛到另一個人的腦袋，有時候整個蜂巢會隨著女王蜂遷徙到另一個腦袋——而原本那個人就會死。

麥提坐在海邊，往海裡扔石頭，不停思考。這些腦中的小蜜蜂在說話，麥提聆聽他們的話語，這就像是在上課一樣，只是現在他的老師有一千個，搞不好還有一百萬個。而且每個人都不會打斷別人，大家都輪流說話，而發言的總是那個最被需要的。

麥提站起身，到森林裡去，那裡有一個螞蟻窩。他坐在樹幹上，看著螞蟻。觀察螞蟻窩就像看海一樣令人愉快。麥提丟給牠們一小片葉子或樹皮，然後看著螞蟻搬東西，牠們都好小。他小心翼翼地抓起螞蟻，把牠放在掌心，看著螞蟻在手上繞圈，想要逃脫。麥提不斷用手指阻擋螞蟻的去路，螞蟻一定以為麥提的手指是高山，牠以為自己已經走了十俄里了，但牠一直在麥提的手上。螞蟻不停用小腳跑著，牠的腳就像線一樣細。

麥提又把裝著金絲雀的籠子拿了出來，把它掛在樹枝上，把籠門打開，觀看、聆聽。但是無人島上那些自由自在的金絲雀，不明白籠子裡金絲雀的歌聲，牠們也不喜歡彼此。有一次麥提把金絲雀從籠子裡放出來，其他的金絲雀就開始吵架、互相啄來啄去。誰知道，如果麥提沒有保護他的金絲雀，也許牠們會開始啄牠。麥提看不出牠的金絲雀和島上的金絲雀有什麼不同，牠們都是鳥啊，顏色也都是黃色的，而且歌聲也都一樣。但是一定有什麼差別，金絲雀們看得出來，這是為什麼牠們不喜歡彼此。麥提的金絲雀害怕自由自在的金絲雀，牠跳來跳去，發出叫聲，其他的金絲雀聆聽牠的歌聲，然後以歌聲回應。金絲雀站在打開的門邊，左顧右盼，一邊叫著，彷彿在思索接下來該怎麼辦。有一瞬間，牠往前傾，看起來好像要飛走了，但牠又回來了。或是牠會飛出去，坐在籠子上一下子，但是你看得出牠感覺很奇怪、很不自在、很生氣。牠會整理羽毛，可笑地轉著腦袋。其他的金絲雀和牠說話，麥提不知道牠們是在吵架，還是只是問牠是誰、從哪來的。但是麥提有點猜到牠們談話的內容：自由的金絲雀嫉妒他的金絲雀有金色的籠子，但嘲笑牠忘了怎麼飛。

「牠會習慣的。」麥提想：「我的金絲雀一定也可以教牠們許多事。」而自由的金絲雀也知道許多麥提的金絲雀不知道的事。

這一切都好奇怪，但又很有趣、很令人愉快。

麥提看起來沒在做什麼，但又彷彿很忙，沒有時間，因為每天夜晚降臨時，他都捨不得去睡。

麥提坐在小屋前，看著滿天的星星，彷彿第一次看到。天上的星星好像和我們的地球一樣大，在那裡也有人、蜜蜂、蒼蠅和螞蟻嗎？和浩瀚的大海，以及數都數不完的星星比起來，人是多麼渺小啊。

麥提試著數清天上的星星，但是沒有成功。

◇◇◇

麥提的島分成兩部分，島的西半部有山，但是地勢並不會很陡峭。那裡有三座小山，靠近海的地方有一片林中空地，而在三座山的左邊有一座很高的山，布滿了岩石，旁邊有一個海灣。島的西部很狹窄，被森林覆蓋。島的東邊比較寬敞，長滿了濃密的森林，有一條河從這裡出海。在密林中躲藏著那些逃避瘟疫的原住民，而在林中空地的廢棄學校中，住著麥提和多眠斯科上校，守衛兵則住在以前商人的房子裡。守衛在此的目的是保護麥提、為麥提服務，而多眠斯科能逃過一死，被流放到這裡，則是因為他以前的戰功可以抵過，而且麥提逃亡的事也順利解決了。

在離島不遠的岩石上有一座燈塔，現在沒在運作，因為燈壞了。

軍艦一個星期會來一次，送來信件、報紙和所有他們在島上生活需要的東西。信並不多，麥提也不讀報紙，一方面是沒這個意願，另一方面是沒這個時間。

他要讀新消息幹嘛？他已經有夠多過去的事需要好好想一想了。麥提現在開始了一段新的人生，但是為了讓未來的人生過得順利，他必須好好想清楚過去他還是改革者的時候，發生了什麼事。他腦袋裡的蜂巢一片混亂，腦中的小人愛做什麼就做什麼，愛說什麼就說什麼，愛什麼時候睡覺就什麼時候睡覺，什麼時候飛出去、飛回來，也是看他們高興。他們會和彼此打仗，甚至不會告訴麥提他們為何吵架、打架。看樣子，麥提想得越多，他知道的和明白的就越少。

「所以，好吧，我不想當國王。但是我想要當什麼人呢？我總不能一輩子都在海邊扔石頭或觀察螞蟻窩吧？」

「好吧，當我在監獄中時，我會在中庭裡散步，數我的腳步。而現在我會數星星和我丟進海中的石頭。但我那時候是個被俘虜的戰犯，我想要逃跑。而現在呢？」

現在麥提也想逃，但不是從無人島上逃出去，而是用別的方式。他要從哪裡逃、逃到哪裡，還有要怎麼逃？

麥提不知道。因為他的腦中一片混亂。有時候快樂的小人掌控了他的腦袋，然後麥提會覺得很開心，自己也不知道為什麼。有時候憂鬱的小人會勝利，那時麥提就會想起，他是個孤兒，彷彿他現在才知道這件事，這讓他眼中溢滿淚水。有時候，他又會很不安，彷彿害怕會發生什麼不好的事。

這一切情緒來來去去，都自行運作，麥提沒辦法掌握主權，說：「我想要這樣。」

麥提喜歡在海裡洗澡。但有時候他站在海灣邊，已經開始脫衣服了，但突然又改變主意，不想要泡澡了。為什麼？是因為風嗎？還是水太冷？不，陽光普照就像昨天一樣，只是麥提變了。

麥提喜歡划船。他坐在船上，快速地往前划，他的手越痛，他就越愉快。但是隔天，當麥提看著小船，他覺得很驚訝，自己昨天竟然划了船。如果你划船時知道前方有什麼，那還值得為此花費力氣。但是如果划來划去只是繞圈子，最後回到原點，那真是可笑、愚蠢啊。

麥提喜歡抓魚。但是有一天他突然對這些魚感到抱歉。讓魚好端端地待在海裡不好嗎？為什麼要去傷害魚？如果魚用釣竿釣住麥提，把他拖進海裡，他會高興嗎？

有時候，麥提會氣得發瘋。

他以前是國王，他可以下命令給全國，大家都要聽他的。現在，他甚至無法下命令給自己，因為他腦中的小人或蜜蜂反抗他，他們都不聽他的話，為所欲為。

難道，命令自己會比命令別人來得難嗎？

他要怎麼命令這些小人？把命令寫下來，然後貼到自己頭上？這也沒用啊。他要怎麼命令他們？他根本不知道這些小人長什麼樣，有沒有眼睛或耳朵。

麥提腦中有各式各樣的小人，有些小人很老了，就像宮廷司儀，他們記得很多事，會告訴麥提很久以前發生過的事。有些小人則像是僕人，他們會提醒麥提要穿衣服、洗臉、吃早餐、洗澡、去森林、去划船。麥提和他們相處的很好，沒什麼問題。當他還是國王時，也會做這些小人告訴他的事。

但是有些小人很年輕，完全不守規矩，又很自大，他們到處飛來飛去，為所欲為。他們很不安分，你根本不知道該拿他們怎麼辦。面對他們，你需要強大的意志力，訓練這些小人，讓他們遵守紀律。拿菲列克來說吧，他不是壞孩子，只是做了很多壞事，他收賄、偷竊、還會騙人。也許那些孤兒院裡的男孩也不是壞人，只是他們腦中的小人很會發號施令，而且無法無天。

強大的意志力就像是戰爭大臣。可惜，麥提不知道戰爭大臣是怎麼打仗的，但是戰爭大臣手下有將軍、上校，而在軍隊中也紀律嚴明。麥提必須在自己的腦中建造一座堅固的堡壘，這樣當他下令時，所有的思緒都會聽他的。

但是要下什麼命令？

麥提不知道，要對那些不聽話的思緒說什麼。他不知道，因為他的能力不足，知識也很匱乏。於是，麥提寫信給憂鬱的國王，要他盡可能寄最多的書給他。

麥提必須讀遍世界上所有的書。麥提把手錶放在桌上，想看看他讀得有多快，想著自己能不能每天讀完一本書。一年有三百六十五天，所以麥提在一年後可以讀完三百六十五本書。

365×2＝730

——兩年就可以讀七百三十本書。

365×3＝1095

——三年就可以讀一千零九十五本書。

365×4＝1460

——四年就可以讀一千四百六十本書。

還是太少了。這世上到底有幾本書啊？

麥提嘆了一口氣。他要做的事好多啊。

所有憂鬱的小人都飛了下來，圍繞著麥提，對他說：沒用的，麥提什麼都不知道，什麼都不會，他浪費了那麼多時間做蠢事，而不是好好學習。麥提敗光了父親留下的遺產，那麼多人會死都是因為他。有智慧的史蒂芬國王、善良的尤里安國王、勝利者帕威爾國王、虔誠的安娜女王

——這些列祖列宗都會為麥提感到丟臉，因為麥提丟盡了所有人的臉。

麥提坐在他剛才用來計算的紙前，心裡一百個不情願，甚至後悔自己寫信叫憂鬱的國王寄書給他。突然，他用力用拳頭往桌上敲了一下，大吼：「滾開！」

這聲音如此之大，連籠子裡的金絲雀都嚇得不停拍動翅膀。

就讓這些唱衰他的聲音滾開吧！他不知道他腦中的思緒長什麼樣子，但是他不在乎。不管他們像蜜蜂或像螞蟻都好，不管他們有沒有翅膀、眼睛或耳朵，他們都要聽麥提的話，沒什麼好討論！他，麥提，對自己的想法十分確定，他才是發號施令的人，他一定要有堅強的意志力，所有的一切都必須照他所想的進行。

為了賭一口氣，麥提現在要開心起來。他三天沒洗澡、沒划船了，只是不停在房間踱步。這樣下去怎麼可以？一秒都不能耽擱——說走就走！

所有膽小的小人都做鳥獸散了，麥提興高采烈、開開心心地跑到了海邊，在海裡洗澡，還游了泳，是平常距離的兩倍。接著他坐上船，划到比平常遠兩倍的地方，幾乎來到海上燈塔那裡。他現在身強力壯，心情飛揚，而且他知道自己想要什麼，想要達成什麼目標。他開始閱讀，他以前缺乏知識，現在他會知道的。

書真是美麗的事物啊。史上所有那些有智慧的人想出來的事，都寫在書上。有時候一個人一輩子都在想，然後把想法寫在書裡。而麥提花一小時閱讀，就可以獲得那個人花了一輩子才得到的知識。某個人很久以前就過世了，但他的思想留在書中。書彷彿會說話，會給麥提建議。為什麼要自己想得這麼累呢？在書中有一百位老師、一百個專家啊。

麥提現在不是國王，因為他不想當國王，但是一年後也許他會再次想當國王。他必須做好準備，必須知道如何治理國家。他要認識自己國家的城市、所有的法律條文、其他國王和學者的生平。他要讀關於星星和孩子的書，這樣他就不只會知道孩子知道的事，也會知道大人知道的事。

麥提爬上最高那座山的頂端，心臟猛烈地跳動，他從上往下看著海，深深吸了一口氣，覺得快樂無比。

回到家，他在日記中寫道：「讓自己的意志堅強，表示——要做自己不想做的事。國王必須要能夠命令自己……」

麥提的日記

麥提寫日記。

他在日記的封面上畫了小房子、棕櫚樹，遠處則畫了山和海，許多老鷹和夕陽。在圖畫的下方，他寫著：「我在名為『白撒旦』的無人島上的日記。我想了什麼以及做了什麼。」

在第一頁上也有一幅圖畫，但是畫得並不好，因為是在匆忙之下畫的。但是在下面麥提寫了七本他想要讀的書。

1. 要有一本關於所有科學的書，這樣就能從中選出最有趣的、最爲人需要的科學，然後開始研究。
2. 要有一本關於國王的書，但不是關於歷史，而是描寫這些國王們十歲、十二歲的時候是什麼樣子。
3. 還要有一本書，和第二本類似，但不是關於國王，而是關於偉大的發明家、旅行家，還有大盜。
4. 要有一本書，關於所有黑人孩子和黃種人孩子的童話。
5. 要有一本很厚的書，關於蜜蜂、螞蟻以及其他的動物。
6. 要有一本書是關於世界上不同的人，關於守規矩和不守規矩的人，關於世界上有多少懶惰鬼和辛勤工作的人、開朗的人和憂鬱的人、好人和壞人，又有多少愛找別人麻煩、不讓別人好好過活的人。還有，有沒有辦法讓人們不要打架、吵架、不去干擾別人。
7. 要有一本書，關於有智慧的、值得留下的法律，還有那些愚蠢、應該要被淘汰的法律。

我還想要讀一本書，是關於如何訓練野獸，獅子、老虎那一類的。

我今天在想，水可以是水，但熱的時候會變成蒸氣，冷的時候會變成冰塊。所以我們不知道水到底是什麼，是水，是蒸氣，還是冰塊？

也許人也是一樣，在不同的情況下會有不同的樣貌。

★

我今天去了森林。我想要繞島上一週，但是路途太遙遠了。

我到了島的另一端，我覺得我看到了黑人。也許那是猴子？他喊了一些話，然後就逃走了。

我覺得，即使是英雄有時候也會害怕。在世上，會有從來沒有、完全一次都沒有感到害怕的人嗎？

★

今天是我的生日。憂鬱的國王寄來了賀卡和一個望遠鏡。

我透過望遠鏡觀察月亮，我看到月亮上有山脈，但是沒有森林。

我不知道我是滿十一歲還是十二歲了。我試著想像成人生活是什麼樣子。我知道我在長大，但是我無法相信自己會變大、變老，這一切都是那麼奇怪。

★

星期天

海上起了一陣狂風暴雨。我很想要划船出海，看看是否能在風雨中划船，但是華倫庭說，他不准我去。我也不是眞的會去，只是很想要這麼做而已。但是在山上的風景也很美麗。有閃電有打雷，眞是壯觀啊。他們好像要把燈塔修好，因爲如果今天有軍艦要過來，就很需要燈塔了。

★

星期三

我愛我的父母，還是不愛？你可以愛已經死去的人嗎？

我爲什麼是個孤兒？那麼多孩子都有父母，而我沒有。

如果父親還活著，一切都會不一樣。而我幾乎想不起我媽媽了，照片已經很破舊了，但是我卻不擔心。這樣更好。如果我媽媽已經不在了，她的照片也應該很破舊才對。

守衛兵中，我最喜歡的是華倫庭。他自己幾乎不主動說話，但如果你問他，他總是會說出很有智慧的話。

而且他很會解夢。有一次我夢到飛機，他說，這代表危險。後來，我在爬山時滑了一跤，差一點就從岩石上摔下去。坐在深淵旁的石頭上，是多麼令人愉快的事啊。

華倫庭還會做漁網。他做的漁網比較好，因爲不會傷害到魚。你可以再一次把魚放回水中，魚兒們都很開心，因爲牠們本來都以爲自己沒救了。

★

華倫庭教我拉小提琴。如果我會拉就好了，我會坐在我的大石頭上，然後在那邊拉小提琴。

以前的人有火炬（邦・德魯瑪就有），後來他們有了蠟燭、煤油燈、瓦斯燈，最後有了電燈。人們還會想出更好的照明設備嗎？

發明是怎麼來的？也許是從書中來的？

★

我又想了很久，思考就是如此。也許在我的腦中並沒有小人，但是有沒有又有什麼差別？如果這想法合情合理，那樣很好，但我寧可親眼看看，到底有沒有小人會從我體內跑出來。昨天我上床睡覺時有特別留意，但是後來我睡著了，不知道到底發生了什麼事。我可以問華倫庭，但是我不好意思問。

大人不會覺得不好意思，而孩子會覺得很不好意思，也許這是因爲大人會嘲笑孩子。

★

我好希望可以去首都，不用太久，只要一天，一天就好，三個小時，讓我看看首都的樣子。我希望可以在宮殿、公園、城市裡散步，我還會去墓園，去看我父母的墓。

這裡比我的國家溫暖，天空也好漂亮，如果有雲，感覺會更舒服。

但是那裡的天空是我的天空。雖然棕櫚樹很漂亮，但我的樹對我來說彷彿比較熟悉，而棕櫚樹是陌生的。

我最大的錯誤就是，我太驕傲。

國王可以愛整個國家嗎？還是他想要人們稱讚他，所以才當個好君王？

如果不了解，那可以愛嗎？我以前希望孩子們過得好，但我那時也希望他們知道，這一切都是改革者麥提爲他們做的。

我很擔心我是這麼地小，我想要讓人們看到，小孩也可以做很多事。

我知道大人們生我的氣，但是他們必須聽我的話。

我開始寫兩本小冊子，一本是《我執政時犯的錯》，另一本是《如果我再次當上國王，我有什麼計畫》。

★

多眠斯科說：「人不應該思考，只需要服從命令，並且確實完成每一項命令。如果我要下令，我必須確定，這些命令都可以確實達成。」

「但是國王必須了解、想清楚他要下達什麼命令。」我說。

「國王就不一樣了。」多眠斯科同意。大人也有可能不怎麼聰明嗎？

我等啊等的，但是郵件沒有到來，一定是發生了什麼事。

★

我一個星期都沒有寫日記。

憂鬱的國王來了。他看到我沒讀報紙，覺得很驚訝。我說，我以前讀報紙，然後你看看接下來發生了什麼事？他說我是對的，還是讀書好。

他對我很好，但我不明白，當他對我說話的時候，為什麼我會感到不自在。

他說：「麥提，你以前總是想到什麼就去做什麼。現在你打算只要思考，不去做事。人應該要有兩種想法，一種給別人，一種給自己。」

他的意思彷彿是說，人要說謊。我知道事情不是這樣，但是我不明白，也許我還太小了。

★

我又很久沒寫了。

我閱讀，我可以拉一點小提琴了。我想要拉得像憂鬱的國王一樣好，或至少像華倫庭一樣好。書本和我原先想像的不一樣。當你讀書，之後會有更多疑問。書中有許多知識，但不是所有的知識。你必須自己在腦中把想法整理出來。

★

再過不久，我就可以划船到燈塔那邊去了。我從望遠鏡中看到，那裡有兩個小孩。一個眞的很小，應該還不會說話，一個比較大，但還是很小。

從前我透過柵欄觀察菲列克和他玩的遊戲。皇家花園的鐵柵欄把我和其他孩子分隔開來，我孤獨一人。現在海把我和孩子們分開，我依然是孤獨一人。

我夢到，牆上有一張圖畫，很多人都在看。

那張畫不是很好看，我知道它長什麼樣子，但我不想描述它。然後鐘響了，大家都開始逃，我也逃了。但是我發現他們是在躲避我，他們害怕我。我停了下來，然後只剩我孤獨一人。

華倫庭不知道這夢是什麼意思，他無法解這個夢。

◇◇◇

麥提終於來到了海上的燈塔。從前，為了寫信給菲列克，麥提努力學寫字，現在他也每天努力地在海上划船，最後他成功地划到了燈塔那裡。

他把船繫好，直直地往燈塔走去。他在路上就碰到了那兩個小孩，比較大的男孩牽著一個小女孩，她的頭髮是金色的，正飛快地踏著小碎步走著。

「爸爸！」女孩大叫，一邊跑向麥提，朝他伸出雙手。

「爸爸，來！阿拉很乖！」

她被一顆石頭或是樹根絆倒，摔到地上，放聲尖叫。

那男孩一定是她哥哥，他幫助她站起來，整理了一下連衣裙。而她再次掙脫他的手，雖然臉上還有淚痕，但已經哈哈大笑，朝麥提跑過來，大喊：「爸爸！」

她哥哥遠遠站著，觀察情況。麥提停了下來，不知道該怎麼辦。他之前好想要來這裡和這些孩子見面，現在他來了，卻不知所措。

「來爺爺這裡！」小女孩叫：「來，阿拉很乖，爺爺在那。爸爸，來。」

然後她對麥提又拉又扯。

當你知道你得說些什麼，但又不知道該說什麼，這種感覺真令人不愉快。

「阿羅，來。爸爸，來。阿羅，阿拉，爸爸，去找爺爺。」

她拉著、推著男孩和麥提，自己走在他們中間，一直說著同樣的話，差一點又跌倒了。

「爺爺，爺爺，看，爸爸！」

燈塔員瞇起眼，微微一笑，摸了摸鬍子。他真是和善——就像照顧麥提的醫生一樣。

「歡迎，國王。」燈塔員脫下帽子說：「國王，您一定想知道，為什麼之前燈塔沒有點亮？現在都修好了，我老早就想要划船去您那兒，為了燈塔的黑暗向您致歉……但是我這個樣子……很難划得遠。」

麥提這時才注意到，燈塔員只有一隻手。

「大海奪走了我的另一隻手。但是大海很大方，它奪走了我的手，卻給了我這兩個孩子。」

麥提得知，老燈塔員以前是個軍艦上的水手，他在船難中失去了一隻手，人們於是讓他看守這座燈塔。一年前，在一場暴風雨後，海浪把這兩個小孩沖上岸，燈塔員好不容易才把他們救活。最奇怪的是，男孩雖然昏倒了，卻緊緊牽著女孩的手不放。

「我給男孩取名叫阿羅，而女孩則叫阿拉。我不知道他們是打哪兒來的，以前島上住著黑人，在黑人的語言中，阿羅是大海之子的意思，而阿拉則是大海之女。這些孩子看起來像外國人，一定是北方來的。因為我稍微懂一些南方國家的語言，但是我完全無法用南國的語言和男孩溝通。」

阿拉不耐煩地扭動身子，看了看爺爺，又看了看麥提。

「爸爸！」她終於大叫，然後開始笑。

「妳瞧，小傻瓜。」老人說：「我不是說過了嗎？爸爸會回來的。嗯，現在妳有爸爸了。」

「這根本不是爸爸。」阿羅陰沉地皺起眉頭說。

「對你來說也許不是，但對阿拉來說是。」

「對阿拉來說也不是，他只是麥提。」

麥提又開始覺得難受，再一次，他不知道該說什麼好。但是老燈塔員愉快地看著孩子，臉上帶著微笑。

「嗯，在旅途之後，得吃點東西。」他說。

然後，他邀請麥提進入他在燈塔裡奇怪的、圓圓的房間。

麥提很後悔，自己什麼都沒帶來給孩子們，這第一次的拜訪並沒有持續很久。

阿拉又哭了兩次。第一次是因為大家不准她喝茶，因為還太燙。第二次是麥提要離開的時候。

「不要走，爸爸，阿拉要爸爸。」

阿拉抓著麥提的褲子，不讓麥提離去。再一次，麥提不知道該怎麼辦才好。

夜晚降臨了，而多眠斯科不喜歡麥提晚歸。有一次，麥提在大岩石上坐了太久，比平常晚回來，之後三天多眠斯科都派了一個守衛兵到處跟著麥提。這不是懲罰，只是這麼做多眠斯科比較安心，這樣就能確保麥提不會讓自己置身於危險之中。幸好，多眠斯科對麥提那些更危險的冒險一無所知，雖然麥提都毫髮無傷地歸來了，但情況有可能更糟。

在燈塔的照耀下，麥提的歸途順利無比，彷彿就像在金色的花朵裡航行。

還好，麥提沒有承諾第二天就會回去看他們，因為他的手痛得要命，就像第一次划船時那樣。

直到第五天，麥提才再次上路。但是在等待的期間，麥提仔細地規劃了這一次的造訪。最重要的是，他帶了積木、猜謎遊戲、樂透遊戲、一盒薑餅、糖果、風車和球。他也想好在打招呼的時候要說什麼，還有如果阿拉又不讓他走，他要說什麼。

他慢慢地划船，划一划休息一下，這樣才不會讓自己太累。他事先告知多眠斯科上校，他晚上才會回來，他也帶了足夠的乾糧，這樣才不會餓肚子。

孩子們熱情地歡迎他，他們在與世隔絕的岩石上過得好無聊。老水手看到麥提也很高興，他和麥提說自己的海上冒險，而麥提則和他說戰爭。

阿羅坐在大石頭上聆聽，阿拉站在麥提身邊，把手放在麥提的膝蓋上，看著麥提的眼睛，好更明白麥提所說的話。你看得出來她聽不懂，因為她會問很孩子氣的問題。

「子彈是一種小球嗎？」阿拉問。

阿拉以為戰爭就像是玩球。麥提解釋，那球是鐵做的，會把人殺死。

「麥提爸爸也有殺人嗎？」

現在阿拉已經叫他麥提了，但也叫他爸爸。麥提覺得很高興，雖然他不知道為什麼。

「阿拉想去戰爭。」她突然很堅持地說。必須向她解釋，她才不會再次哭鬧。

「戰爭很遠。」老燈塔員說。

「阿拉想去很遠。」

「阿拉太小了。」老燈塔員說。

「阿拉很大，阿拉想去戰爭。」

「戰爭在睡覺。」老燈塔員說。

「戰爭在睡覺？」阿拉輕聲重複，把手指放在嘴唇上比了一個「噓」的動作，然後就不再堅持了。「噓，戰爭在睡覺，球在睡覺，小木偶在睡覺。」

麥提驚訝地看著，試圖回想自己也那麼小、知道得那麼少的時光。

回程的路上，麥提想著阿拉。阿拉真的好小，她的手指頭都那麼小，而且好多事都不明白。

很多事都不明白，不是很令人愉快。可憐的阿拉。當麥提在說話的時候，她用如此熱切的眼神看著麥提，彷彿想用眼睛理解一切。

她很容易就哭。小小孩會哭，一定是因為他們無法明白，他們於是很不高興。麥提為阿拉感到遺憾。得為阿拉想個故事，他想為老燈塔員、阿羅講故事，也為阿拉講故事。

麥提為阿拉編了一個故事。

「戰爭在睡覺，在睡覺。戰爭的眼睛閉起來了。然後，它醒了過來……」

不，還是說別的故事好。

爺爺怎麼會想到要告訴阿拉，戰爭在睡覺？而且阿拉聽了就安靜下來了。這明明是謊言啊，人不可以說謊，說謊不好。或者，也許這不是謊言？因為戰爭發生時，就彷彿是突然醒過來一樣，之前明明安安靜靜的，然後突然就大軍壓境、砲聲隆隆。

麥提收起槳，休息一下。燈塔的光照著海面，天空裡滿是星星，四下一片寂靜。

「我們能給小小孩什麼樣的權利？」麥提想著，但是這個問題很難回答。

當麥提躲在孤兒院時，那裡也有小小孩。大孩子們對小小孩很壞，會打他們、嘲笑他們。麥提那時候也不喜歡他們，因為他們一直在哭。但他們在哭，也許是因為他們什麼權利都沒有，而且什麼都不可以做？以前在兒童議會，有一個議員說：「希望這世上沒有小小孩。」但是小小孩必須存在啊，當他們長大，就會是大小孩。

「我想當孩子的國王。」麥提想：「但是我對小小孩一無所知。我忘了我小時候是什麼樣子。大人們也一定什麼都忘了，這是為什麼他們不想給小孩權利。」

麥提又拿起槳，然後覺得很驚訝，他的島已在不遠之處，而他的手一點都不痛。

「明天我會一整天閱讀，後天我會再次拜訪阿羅和阿拉，我得帶一些圖畫給他們。」

◇◇◇

接下來這一章應該叫做「麥提的故事中最奇怪的一章」，因為真的很離奇。

某一天，麥提決定好好探索無人島，於是他帶了左輪手槍，走進森林。他航行過海灣，來到河的後方，在那裡，島嶼開始變得寬闊，麥提往前走去。

畢竟，住在這麼小的一個島上，卻不認識它，不是一件很丟臉的事嗎？

剛好，昨天麥提讀了一本書，是關於一場可怕的、充滿了危險的極地冒險。他想：「勇敢的冒險家多年來忍受艱辛，到永恆的冰雪和夜之國度探險，就為了瞭解地球。如果有人不了解自己生活的城市、國家或島嶼，這是多麼羞恥的事啊。就算森林裡有黑人，他們也一定不是食人族，而且看到我他們一定會逃。我也不害怕野獸，在森林裡和野獸戰鬥，比在下水道和野狼戰鬥容易得多了。」

麥提走著，走著，走著——眼前的森林越來越濃密。高處的樹冠彷彿像是綠色的屋頂，甚至遮蔽了陽光，下方則長滿了蜿蜒的蔓藤和灌木，所有的一切都纏繞在一起，每一步都會遇到阻礙。

麥提不趕時間。他的背包裡裝了可以吃一整天的食物，多眠斯科也習慣了麥提的長途散步。

麥提走著，走著，走著——眼前的路越是艱難，麥提就越有幹勁。一開始，還可以在這裡或那裡看到一點點陽光，但之後就沒有了，麥提整個人都被綠色的森林淹沒。他已經聽不到海濤聲，四處一片寂靜，甚至聽不到鳥叫。

麥提走著，走著，走著——但他已經累了，他坐下來，切下一片麵包和乳酪當早餐。這時，他才問自己：「如果迷路，我該怎麼辦？」

他應該早點想到的，但麥提很年輕，沒有經驗。

他並不害怕，但他加快了腳步。島嶼很小，如果他一直朝同一個方向走，早晚會來到海邊。再說，他可以沿原路折返，他可以憑著被踩過的樹葉、被折斷的樹枝判斷，哪一條是他走過的路。

可惜，路上雖然有痕跡，但這些痕跡都通往不同的方向。也許有動物走過。在雪地或沙地上你還可以輕易分辨哪些是人的足跡，哪些是動物的，但在密林中就無法了。

麥提走著，仔細聆聽、四下張望，很後悔自己沒有帶指南針來。

麥提停下來休息了一下，然後繼續前行。他吃了點東西，一方面是因為他餓了，另一方面是裝著食物的背包很重。然後，他一直走到了晚上。

嗯，沒辦法，他只好在森林裡過夜了。他得選一棵樹，但得小心查看，晚上那裡會不會有蛇。在森林過夜有點危險，但是並不比麥提經歷過的其他冒險來得可怕。

麥提於是平靜地、疲倦地往前走。突然，他聽到了一個聲音，彷彿是哭聲或歌聲，好像是有人在求助。

這是真的，還是他這麼以為？

他小心翼翼地往聲音傳來的方向走去。他來到一片森林裡的空地，在空地中央有一個山丘，而在山丘上有一座塔。塔是石頭做的，下面比較寬，上面比較窄。

「這到底是什麼？」

一個聲音從塔中傳出，彷彿是歌聲，但是更接近呻吟。

「我去看看。」麥提想。

麥提繞著塔走了一圈，沒看到入口，他得做點什麼表示他人在此處，於是對空鳴了一槍，回應他的只有回音，之後就是寂靜。

麥提站在原地，不知如何是好。突然，一塊巨石往旁邊移開，入口出現了，麥提走近，驚訝地往塔裡頭看。

他在塔中看到七個梯子，倚靠著突出的石頭，一個接著一個疊上去。每個梯子都有七個梯板，下面的梯板間隔很近，很容易爬上去，但越到後來，間隔就越大，所以越往上爬就越困難。不只如此，下面第一個梯子的梯板很厚、很堅固，但越上面的梯板就越薄，如果爬上去，搞不好會踩斷。

麥提看著這所有的一切，但他不明白為什麼塔裡很明亮，這裡明明一個窗戶都沒有啊。

麥提看著，而在高處坐著一個人，他穿著一塊灰布做成的袍子，腰上繫著一條繩子當作腰帶。

他走了下來。他走得如此之快，麥提完全不知道他是怎麼走的。他的袍子擋住了梯板，他的動作很靈敏，彷彿他是飛下來的，你看不到他踩在梯板上，再說，那些梯板那麼脆弱，踩上去是會斷的啊。

麥提不明白眼前的一切，事情進行得這麼快，彷彿一眨眼之間就發生了。現在，那個穿灰袍、留著長長鬍子的人就站在麥提面前，用十分憂鬱的眼神看著他，就連憂鬱的國王，都從來沒有用這樣的眼神看過他。

麥提腦中突然冒出一個不知從何而來的想法：「這是一個改革失敗的人。」

老人舉起手，周圍突然變得一片黑暗。麥提彷彿同時聽到了一千個聲音，叫喊、哭聲、笑聲，耳朵裡轟隆隆的。在黑暗中，麥提看到一個鐘面，上面有數字，它們自己會發光，兩根有如火焰的針（長針和短針）緩慢地移動著。

麥提看著鐘，無法移開視線，而他耳中則響著轟隆隆的聲音，不知道這樣子過了多久。

突然，地面上有一盞小綠燈點亮了，麥提看到了一個鐵門。老人彎下身，把鐵門掀開一點點，那裡又有一個梯子，通往很深的地方，不知道盡頭在何處。老人走到地下，而麥提跟著他走下去，他並不好奇，也不害怕，他只是跟隨老人走著，彷彿他必須這麼做。

他們走了很久，越來越深——直到他們來到一個狹窄的走廊。走廊變得越來越低矮，老人甚至必須彎下腰來。當他們走出來時，他們就站在海邊，剛好是麥提把小船綁在河岸的地方。[6]

---

6 由於麥提是航行過海灣來到河的後方，島嶼在那裡開始變得寬闊，加上前文曾提到：「島的東邊比較寬敞，長滿了濃密的森林，有一條河從這裡出海。」所以推測此處應該是河和海的交會點。

麥提出來時，老人什麼也沒說，只是指了指船，然後消失在濃密的森林裡。

麥提從河中捧起水喝下，因為他口乾舌燥。他坐下休息，因為他很疲倦。他想著，這一切到底代表著什麼……

後來，麥提多次回想這次奇怪的冒險，他問自己：「也許這是一場夢？」

不。

不，不。他不可能在海邊睡著，因為他一下船，馬上走進森林了。再說，他記得他走過了什麼路，之後，他曾多次尋找老人的孤獨高塔。他在森林裡迷了一天的路，這他敢肯定。他背包中裝了剛好夠吃一天的食物，他也記得他在哪裡、在什麼時候吃了什麼。他不可能在森林中睡著，畢竟，他尋找過適合過夜的樹木。而且，就算他在森林中睡著了，他怎麼可能又來到他原本綁著小船的地方呢？麥提還有兩個證據，可以證明這不是夢：他的鞋子上沾了灰塵，因為他走過的走廊上都是沙和灰塵，就像在所有的地下室一樣。另外，他的手上也有傷口，那是在他爬下梯子時，被梯子上的鐵釘劃傷的。

很久以後，麥提讀了地理老師在和國王開會時提到的那本厚厚的書，書中有寫到關於白撒旦島的事。在第四百七十六頁，麥提讀到這樣的文字：「當瘟疫席捲了這座島，所有的黑人幾乎都死了，只有一小撮人躲在河後面的森林裡。在這裡已經沒什麼好做了，商人和他的家人離開這座島，來到南非的殖民地，老師去了印度，好像只有一個白人留了下來，是一個名叫彼得的老傳教士。他不想離開這座島，但是他後來怎麼樣了，我們一無所知。他一定死了，因為他已經很老了。」

麥提沒有告訴任何人這段冒險，因為如果人們不相信，說了也沒什麼意思。但是他之後好幾次去找過森林裡的空地、高塔和隱士。他在河邊的森林仔細尋找走廊的入口，但是一無所獲。這整趟冒險於是成了一個祕密，但麥提很確定，這不是夢，他手上可是有證據的啊。

◇◇◇

如果你早上起來，不知道接下來一整天要做什麼，這不是很令人愉快。一兩天還好，你總會找到事做，但更久的話，你就得規劃一些計畫了，不然你就會什麼也不做，也什麼都不想做，然後就會覺得無聊。所以，麥提會規劃一整天的計畫，也會規劃一週的計畫。

他每隔一天會去找燈塔那裡的孩子，但是只去半天，每天他都會閱讀四小時。他每天都會寫日記，也會拉一個小時的小提琴。除了日記，他還會寫回憶錄和他執政時犯的錯誤。他每天會繪畫一個小時，因為他很需要畫畫。他也要學會攝影。多眠斯科上校有一個攝影機，還有一本貼了很多照片的相簿。不管多眠斯科去什麼地方，他都會照相，他把他認識的人和經歷過的戰爭都拍了下來，這就是為什麼他可以把所有事都記得那麼清楚，而麥提忘了許多事。

拜訪燈塔孩子們的目的也改變了，麥提決定要教他們念書。因為到目前為止，麥提去看他們，好像都是為了給他們東西。他才剛從船上下來，阿拉就會把手伸進他口袋中找糖果。阿羅比較年長，所以不好意思這麼做，所以只是等待，什麼都不說。阿拉不只會拿自己的那一份，也會幫阿羅拿，而且她會不停問：「還有什麼？給我。」

麥提覺得不太舒服，因為他覺得，他帶太少東西給他們。但是麥提在島上也沒有很多東西呀。當他在首都時那又是另一回事，那時候，孩子們會寫信要求，而貿易大臣會買東西給孩子們。看起來，燈塔的孩子們是在等禮物，而不是在等麥提。如果麥提沒帶東西，他好像就沒必要來了。

所以麥提決定要教導孩子們。他會教阿羅讀寫，但是他不知道要教阿拉什麼。他帶了所有的圖畫來給她看，但她只是很快、隨隨便便地瀏覽過一遍，就想要新的東西了。

麥提想起來，當他還小的時候，王后會說故事給他聽。她用積木、沙子或黏土堆房子，用花做花園，然後用這些東西為主題來說故事，她還會畫各種各樣的畫。麥提想起來，王后自己畫的畫，比他在書上看到的畫更令他喜愛、也更容易理解。王后會唱歌給他聽，會和他玩躲貓貓。還有一些其他的遊戲，但是麥提忘了，因為這已經是那麼久以前的事。

麥提想：要教導小小孩，需要會很多事啊，教阿羅就容易多了。事情也正如麥提猜想般進行。阿羅很快就學會了閱讀，他已經會讀：狗，小狗，彼得，筆。

他會把自己讀到的字寫下來，雖然他寫的不是很好，而且只會用鉛筆寫，但他可以把自己寫的字讀出來。他的算數能力也越來越進步了，他現在能數到一百，可以和麥提玩骨牌和樂透遊戲。他們在玩的時候，阿拉就會來搗蛋，她會把隨便什麼東西放在他們的遊戲上，當他們不准，她就很生氣。

「阿拉，妳看，這張牌上有一個點，這邊有五個點，妳得找到同樣點數的才能放過來。」

阿拉有一點的牌，也有五點的牌，但她把兩張兩點的牌放上來，然後堅持這是對的。

「阿拉，妳看。」麥提解釋：「這張牌上有兩個點，一個點，兩個點，就是兩點。」

「一點，兩點。」阿拉重複。

她好像同意了麥提的話，但她又突然把所有的東西亂丟，大發脾氣。

「爸爸討厭，阿羅討厭，阿拉不愛你們，阿拉找爺爺。」

然後她去找老燈塔員，說她沒做錯什麼，麥提和阿羅卻傷害了她。

玩樂透遊戲的情況就更糟了。阿拉想要贏，但她什麼都不想做，只想把所有的牌都蓋起來。阿羅找出了十四個相似的圖片，但阿拉一點都不在乎。如果她只把一張圖片遮住那還好，但是她無聊時會把所有的牌都遮起來，然後說她贏了。

和她一起畫圖也不是很容易。阿拉只用鉛筆在紙上隨便塗一下，然後就說她畫好了，要求麥提給她一張白紙。她一點都不想畫圓，也不想畫線。

麥提和阿羅必須躲起來不讓阿拉發現，才能玩遊戲，但是他們也沒什麼地方可去，有時候他們真的對阿拉感到很不耐煩。

阿拉沒辦法跑很快，所以在玩追趕的遊戲時，她常常跌倒，然後就會哭。她最喜歡做的就是聽人講故事，她會很認真地看著說話的人，甚至還把嘴巴張開，她一定以為，這樣就會更容易聽懂。

麥提用彷彿和金絲雀說話的方式和阿拉說話。沒錯，麥提經常和金絲雀說話，他讓金絲雀站在他手指上，問牠是否記得國王和王后、首都的宮殿、史達休、海倫和克魯—克魯。有時候金絲雀會奇怪地歪著頭，彷彿在點頭說牠記得或不記得，有時候牠會用叫聲或歌聲回應麥提。誰知道牠明白什麼，又在說什麼呢？

麥提用同樣的方式和阿拉說話。

他有時候和阿拉說：「喔，現在我在幫金絲雀換水，給牠新的沙子，這樣子一切又會很乾淨了。現在我要給金絲雀一些新鮮的生菜。」

或者他會說：「現在請阿拉擦擦鼻子，把鼻涕擦乾。現在請阿拉給我鉛筆，這樣我就可以畫燈塔，我們會畫一張很漂亮的畫。請阿拉把畫拿給爺爺看，阿拉很乖，爺爺會很高興，他會說：『喔，阿拉好乖，阿拉把圖畫拿給爺爺看。』」

麥提就這樣翻來覆去地說著同樣的話，阿拉一點都不覺得無聊，她專心地聆聽，完全不會搗蛋。

「這麼小的孩子也應該要有權利。」麥提想。但是他想不出來，要怎麼讓這樣的小小孩開心，但是又不會干擾在學習、遊戲的大孩子。

麥提現在明白了，為什麼帕夫努斯皇帝還有其他的大人會生小孩的氣。因為小孩會干擾大人，就像小小孩干擾大小孩。而大人也一定覺得，孩子什麼都不知道。

也許阿拉這樣的小小孩就像金絲雀，他們明白一些事，知道一些事，但是他們的知識和其他人完全不同。麥提小時候也是，但是他已經忘了自己小時候想過什麼事，現在已經什麼都不記得了。

阿拉並不會一直跑來跑去，大叫：「爸爸，給阿拉。」有時候她也非常安靜。她會看著遠方，看著看著，然後嘆一口氣。有時候她也會拉起麥提的手，長久地凝視他的眼睛，然後嘆氣。或是她也會突然發抖，彷彿在恐懼什麼，或是把麥提給她的東西都還給麥提，說：「給你，給你，給你。」當她把所有的東西都給麥提，她會張開手，快樂地喊：「沒有，什麼都沒有。」然後她會開心地拍手大叫，跳來跳去。

「小小孩，」麥提在日記中寫：「就像野蠻人一樣。」

麥提很高興自己可以近距離觀察小小孩。因為在孤兒院時，他只要一接近小小孩，大孩子們就會笑他怎麼會去和小孩子玩，彷彿，和小小孩玩就表示你比較笨。他們會開各種玩笑，想出各種愚蠢的花招，就為了故意干擾、破壞遊戲。

現在麥提愛怎麼做就怎麼做，因為他是在無人島上。

只有一件事讓麥提擔心，因為不是所有的小小孩都像阿拉這樣。麥提想起來，當他第一次參加戰爭時，他和部隊有一次在一個離戰場不遠的村莊休息。士兵們四五個人一組，借住在農家裡。麥提那時候在一個農家住了兩個星期，那裡就有一個和阿拉同年的小男孩。他會說話，但是很沉默寡言。他常常坐在火爐旁一整天看著火爐，偶爾才會說一句話。他不會哭，也不會跑來跑去，不會干擾他人，只是很憂鬱。麥提甚至覺得，憂鬱的國王小時候也一定那麼憂鬱。

孤兒院有各式各樣的小孩。有些因為隨便一點小事就會哭，但是很小聲，有的會鬼哭神嚎，但是眼睛裡完全沒有淚水。有的沒事就去告狀，有的馬上就會打架。麥提有一次看著兩個小孩打架，然後想，這就像是戰爭。有時候打仗的是兩個小孩，有時候是兩個國家。當兩個國家打仗，那些沒有參戰的國家一定也在旁邊笑吧，就像圍觀小孩打架的孩子一樣。

這一切真是奇怪，有這麼多各式各樣的人，每個人都和別人不同，世界上有這麼多不同的事、不同的人要認識。大人國王們也一定不知道所有的事吧，這一定就是當個改革者如此困難的原因。

比如說，麥提就不知道比較大的青少年們在想什麼，第一批站起來反對麥提的人正是他們。青少年叫麥提和與他同年的人「小鬼」，然後假裝自己是大人。他們會彼此交換祕密，但是不准小孩子去聽。他們會為隨便一件小事打架，他們覺得自己很了不起，而且很驕傲，只有在他們想要借東西或獲得什麼的時候，他們才會去找比他們年幼的孩子。有時候他們直接用搶的，一句話都不問。如果小孩子提醒他們，他們就會叫小孩子滾開。他們令人不愉快，而且很粗野。即使當他們開玩笑，也是為了嘲笑別人，或是出於惡意才這麼做。當他們打人，會真的打到你痛得哀哀叫。有一次一個大孩子和麥提借了鋼筆，他甚至很有禮貌。但是當麥提提醒他還，因為他上課要用，那個大孩子就惡狠狠地叫他滾，還作勢要打他。然後上課時，老師就對麥提大吼，因為他沒帶筆。

5.

No. 43

給五位國王委員會

改革者麥提國王一世

白撒旦島

第四十三號請求

我請求五位國王委員會更換無人島上的守衛兵。守衛們都在自己的國家有妻子和孩子，他們在這裡過得並不開心。他們說，他們來此五個月了，已經夠了。他們不是監獄裡的犯人，卻必須住在無人島上，這很不公平。人們因爲我而受苦，這讓我很難過。

所以我在此請求五位國王委員會大發善心，換一批新的守衛來。我希望，這一批新的守衛不是成人，而是青少年。這裡有船，可以游泳、踏青，所以他們不會覺得無聊。之後，他們想要的話也可以離去。

祝安好，

麥提國王敬上

無人島司令的印章

郵戳和日期

我讀了麥提國王的請求書，我認爲完成他的請求不應有任何困難。

多眠斯科上校

一開始，麥提對於什麼小事都要寫信給五位國王委員會，感到很憤怒，這五個人就彷彿是麥提流亡島上時期的監護人一樣。但久了麥提也習慣了，這樣反而比較好。麥提會在筆記本上記下他需要的東西，然後再寫請求書給國王們。上校會在請求書上蓋章表示同意，然後軍艦來到島上時，信馬上就會被寄出。

目前為止，麥提總共寫了四十三封請求書，他的要求沒有一次被拒絕。他甚至獲得了左輪手槍，因為他並不是犯人，他是自願來到島上的。

現在他寫了信要求更換守衛。他很好奇，國王們會送什麼樣的人來島上。

但是寄出請求書的隔天，麥提經歷到了一個沉痛的打擊：他的金絲雀突然死了。金絲雀已經很老了，而最近牠也看起來無精打采，很憂鬱，不再歌唱。牠不想從籠中走出來，也不想在水盆裡洗澡。牠經常用嘴喙把食物四處亂扔，而不是吃。麥提察覺到了這一切，但是他以為不會發生什麼事。

金絲雀死後，麥提想起，金絲雀的最後一夜特別令人難過。金絲雀把嘴張開，瞇起眼睛，彷彿快要窒息，又好像覺得太冷。麥提幫牠人工呼吸，他很不安，希望金絲雀不要生病，而金絲雀很明顯地看起來已經生了重病。早上金絲雀僵直地躺著，腳伸得直直的，彷彿全身都變硬了。牠的頭還會動，一隻眼睛睜開，另一隻眼睛閉著。

麥提把金絲雀的嘴放到自己嘴上，為牠人工呼吸，他試著把金絲雀的頭伸直。他跑去找華倫庭尋求幫助，但他自己知道，金絲雀的生命已經走到盡頭了。

「現在我誰都沒有了。」麥提憂鬱地想，開始為金絲雀準備葬禮。

麥提用金紙剪了一個王冠，表示金絲雀來自皇家。他找了一個不大的紙箱，在上面貼滿綠色的紙。他在紙箱底下鋪上一層棉花，撒上葉片，然後把金絲雀放了上去。這花了他很多時間，因為他不希望被人看到，彷彿他為此覺得丟臉。但是有什麼好丟臉的呢？金絲雀是他媽媽送給他的（她不在了），金絲雀也在他父親（他也不在了）的辦公室待了那麼多年。所以，牠是一隻有紀念價值的金絲雀。不只是國王，一般人也會尊敬有紀念價值的事物啊。

麥提用兩個紙箱做了靈車，用一條繩子綁起來。他把所有的一切用紙包著，然後出門去埋葬金絲雀。他來到海邊的山丘上，為他在流亡中的好朋友做最後一件事。當他走到半山腰，確定任何人都不會看到他，他就把靈車拿出來，把棺材放到靈車上拉著走。對手來說，這並不會很沉重，但對心來說，卻沉重無比。

麥提在山頂上找了一棵樹，在樹下選了一個漂亮、平坦的地方，然後用刀子為金絲雀挖了一個野地的墳墓。以前他還在軍隊時，士兵們會用長劍為死去的同袍們掘墓。麥提想要再看一眼金絲雀，也許會有奇蹟發生？奇蹟真的發生了，但和他想像的不一樣。當麥提彎下身，想要再看看金絲雀（這時金絲雀已經在墳墓中了），突然他聽到金絲雀的歌聲，比之前都嘹亮、悠長。麥提不知道，這是死去金絲雀的朋友在為牠歌唱？還是反過來，也許之前這隻金絲雀會欺負麥提的金絲雀，和牠吵架，所以牠現在來道歉了？或者，是麥提的金絲雀的靈魂附在活著的金絲雀身上，藉由牠來唱歌？

麥提把金絲雀的棺材埋了起來，用石頭做了一個小石堆，他不知道要不要在上面放十字架，還是不可以這麼做。

然後，他再次想起父母。他們的墳墓離他如此遙遠，而麥提也沒有用合乎禮儀規範的方式向父母禱告。以前他向他們禱告時，總是在某個大型的追悼會上，總是和大臣們、宮廷司儀和外國大使們一起。誰知道？也許麥提的父母會比較想和金絲雀一起躺在高高的海岸山丘上，在棕櫚樹下？麥提又做了兩個墳墓，自己也不知道為什麼，也不知道做得好不好。之後他想了想，再做了一個墳墓給康帕涅拉女王。所以，總共有四個墳墓了，麥提的墓園就是這樣來的。

隔天，麥提必須去找燈塔的孩子們，他想要在午飯後來墓園看看，但是風很強，於是他在燈塔那裡留到晚上。之後麥提不記得哪一個是金絲雀的墓，於是在每個墓上都插上小小的十字架，他也用石頭給墓地做出了圍牆。這些墓都很小，看起來像是給四隻小鳥的墓。但是從遠處看，所有的墓都很小，而他父母的墓在很遠的地方。

麥提比以前更喜歡海邊的山丘了。他的墓園在這裡，他在這裡拉小提琴，在這裡禱告。他在這裡花很長的時間想森林中那座孤獨的高塔，還有住在高塔中的隱士。

很多時候，麥提什麼也沒想，只是覺得，周遭有好事發生。他有墓園，樹上有活著的金絲雀在唱歌，他有小提琴、森林中的孤塔、阿拉和阿羅、大海和克魯—克魯，還有星空。這一切都在一起，還有他，麥提，還有天空，還有大地。在這種時刻，麥提覺得他和首都很接近，可以看到、知道、明白一切。麥提覺得平靜、憂傷又開心，他已經知道世上所有的事。麥提知道黑人國王在和白人國王打仗，他知道他的國家在等他回來，他知道憂鬱的國王和年輕的國王又吵架了，知道那些即將到來的新守衛會深深傷害他，他的處境會比現在還糟。眼前還有許多痛苦在等著麥提，還有死亡。麥提知道，他不會和克魯—克魯結婚。

麥提不是從報紙或書上得知這一切的，那他是從哪裡知道的？有些是從墓園知道的，有些是從孤獨的高塔，有些是從自己身上，而所有的知識都是來自神。

他覺得，黑人國王沒有必要和白人國王交戰。他不急著回去那個在等待他的國家。他不後悔叫新的守衛來，即使他們會讓他難過。而死亡——麥提也不怕。

他很平靜，也許也是快樂的，他什麼都不想。

在福法卡島上，當他說他想要去無人島，他也什麼都不在乎。但是那時候麥提覺得很痛苦，彷彿身上受了傷，身體裡面彷彿在刮風暴。而現在他很平靜。麥提不知道掌控他思緒的女王蜂是誰，但他知道她在，因為他靈魂中的蜜蜂都很平靜、很開心。

這就是為什麼麥提忘了他寫過第四十三封請求書這件事。他也不是完全忘了，只是沒有在等，沒有好奇，因為只有不知道未來會如何的人才會好奇。

麥提不想讓華倫庭和其他守衛驚訝，但是他也什麼都沒說。為什麼要說？他們早晚會知道的。

但是當軍艦出現，當守衛們知道自己可以回家了，麥提覺得很高興。他現在才明白，他們有多想家。

華倫庭本來一直都很平靜，但他現在打翻了裝著熱水的瓶子、弄破了放在麥提桌上的瓷偶、遺失了食物儲藏室的鑰匙，讓午餐遲了一小時才上桌。其他人的情況也差不多。他們跑來跑去，好像在收東西，好像做什麼都沒時間。但士兵們其實沒什麼東西好收的，就杯子、碗和湯匙，沒別的了，這一切失常的舉動都是因為興奮。

下午五點，多眠斯科叫副官來找麥提。

「國王，您可以接見我嗎？」

多眠斯科走了進來，穿著軍服（之前他一直穿著睡袍）。這代表著什麼意思？

「我來向國王做臨別前的報告。」

「所以您也要離開我了？」

「這是上頭的命令。」

他把一紙文件給麥提，依然在麥提面前立正站好。麥提讀了文件，看了一眼空空的金絲雀籠，覺得很奇怪，彷彿海邊山頂上的墓園又多了一個墓地。

善良、誠實的多眠斯科上校，不管麥提做出什麼要求，他都會同意並簽名。

接下來會怎麼樣？

◇◇◇

新的守衛兵司令是烏蘭槍騎兵的騎兵長[7]，阿馬瑞侯爵。

他很年輕，很有活力，長得很英俊。他是被送到這裡來受罰的，因為他在一個晚上就和三個人決鬥，還辱罵了將軍。除了兩個作家和一個副官（他們都是大人），阿馬瑞總共帶了十個青少年來島上當守衛。

阿馬瑞給了麥提一張紙，上面寫：「依照您的希望，我奉五位國王委員會的命令，帶了十個青少年來此保護您，而我會是島上的司令。」

麥提在紙上寫：「閱。」

一切都改變了，而且是立刻就改變了。青少年們佔了麥提隔壁的房間，阿馬瑞則要了那棟之前守衛們住的小屋。司令辦公室每天都會送幾份不同的文件給麥提，其中包括行政命令、每日命令和規定，麥提必須閱讀每份文件並且簽名，青少年們會在半夜叫醒麥提，或到森林裡去找他。

「這是司令給您的文件。」

前兩天，麥提還很有耐心地閱讀、簽名，但第三天，麥提就叫騎兵長來找他了。

阿馬瑞馬上就來了，但是他沒有和麥提打招呼，就一屁股坐在了椅子上，點起菸來抽。

「騎兵長，」麥提因為阿馬瑞隨隨便便的態度而覺得很惱怒。「我叫您過來是為了談公事。」

「那麼，我就等國王您穿上軍服時再來。」

然後他就往門口走去。

麥提氣得腦門充血。

「我不會穿上軍服。」麥提用壓抑的聲音說：「而我在此告訴您，我不會再閱讀、簽署任何您給我的文件。我不是監獄的犯人，我不需要您的照顧。多眠斯科上校……」

「多眠斯科上校走了。」阿馬瑞冷冷地說：「多眠斯科上校不只沒有留下任何文件或帳單，也沒有想過要繪製這座島的地圖。多眠斯科上校回答不出，無人島上是否真的任何人都沒有。多眠斯科上校沒有完成任何一項工作上的義務，我已經準備好了一份關於這件事的報告書，並且會將它寄出。若您的命令符合規定，我會完成它們，如果我們意見相左，就會交給五位國王委員會調停，您有權利向五位國王委員會告狀。我不會像多眠斯科上校一樣，再會了！」

他留下麥提獨自一人，從隔壁房間傳來小聲的偷笑。

「他們在笑我。」麥提想：「好吧。」

阿馬瑞每個小時都會送一份文件來，麥提把文件送回去，不看也不簽名。每天早晚，阿馬瑞都會來問麥提：「國王，您的健康狀況如何？」

麥提什麼也不說。

7 烏蘭（波蘭語：Ulan）是一種配備騎槍、軍刀、手槍的波蘭輕騎兵。

阿馬瑞召集守衛來集訓，副官問：「國王，您允許集訓嗎？」

麥提簡短地回答：「不！」

就這樣過了五天，直到軍艦到來。這一次，軍艦載來了許多工匠：他們是來翻修阿馬瑞的房子的。森林裡傳來斧頭的咚咚響和鋸木的聲音，阿馬瑞要在屋子前蓋一個露台、涼亭，還有一個別的什麼東西。工人們忙進忙出，阿馬瑞一下罵人，一下罵髒話，這一切混亂與噪音都干擾到了麥提。

麥提偷偷溜走了。現在，他在山丘上的墓園、他的小船、給阿拉及阿羅上課及在森林中獨自散步和拉小提琴的時光，都比平常都珍貴了一百倍。

麥提明白，這一切只是開始，他靜觀其變。阿馬瑞彷彿忘了他，但是辦公室照常運作，麥提透過窗戶看到，兩個作家在桌前彎著腰，一直寫東西寫到很晚。送來給他簽名的文件越來越長了，麥提看都不看就退回去。

每天，食物都比前一天更糟。麥提很餓。以前他會摘一些椰棗和無花果來當點心，但現在沒有香蕉和無花果，他一定會餓死。最後，他們完全不給他送午餐了。更糟的是，麥提聽到隔壁房間傳來這樣的對話：

「他們會一直吵架，而我們會餓死。」

麥提敲了敲門，這是他和守衛們的約定，聽到敲門聲，副官就要來找麥提。

「你們有午餐吃嗎？」

「報告國王，我們三天沒獲得任何食物了。沒有您的簽名，騎兵長沒有權利給我們任何食物。」

麥提穿上軍服，把騎兵長叫了過來。

「請把辦公室的所有文件都拿來給我看。」

「遵命，國王。」

「還有請把午餐發放給守衛。」

「遵命，國王。」

五分鐘後，騎兵長就命人拿來了發放午餐的文件來給麥提簽署，麥提簽了名。

十分鐘後，隔壁房間傳來了三聲「萬歲」的歡呼，還有湯匙的碰撞聲。

沒多久，麥提的午餐也送到了，但麥提命人退回去，他不想吃，而且也沒時間吃，他讀著文件。

才沒讀多久，麥提就冷汗直流。他讀到了一份對多眠斯科上校的控訴，說多眠斯科上校沒有留下任何單據，說他收到了什麼物資。

「我什麼都不知道。」阿馬瑞寫道：「我不知道，這裡應該要有多少椅子、桌子、床、床單、盤子和刀子。我不知道被運送來的肥皂、牛奶、糖果、書和玩具在哪裡。我得到消息，燈塔的孩子有很多從麥提國王那裡偷來的贓物。我沒找到任何一張收據或帳單。房子都又髒又舊，對健康不好。守衛兵不守規矩，為所欲為……」

還有三份對麥提的控訴，但是這些控訴卻用一種憂心忡忡的筆調寫成，彷彿阿馬瑞在擔憂孤獨國王的健康。

第一份控訴：「麥提國王的健康堪憂。他很憤怒、憂鬱。他不想讀也不想簽署文件，這讓我的工作進行得很困難。他也不讓我給守衛們集訓。」

第二份控訴：「國王會駕船遠行。他回來的時候總是看起來很累、有點惱怒。他爬上高山，可能會從那裡掉下來摔死。他還在森林中散步，那裡可是有毒蛇野獸，搞不好還有食人族啊。」

第三份控訴：「國王允許守衛們大吵大鬧直到夜晚。他們的吼叫聲傳遍了整座島嶼。他們讓工人無法專心工作，他們還偷了一把鋸子和兩把斧頭。請留意，這個年紀的男孩真的很難管理，我已經不知道接下來會發生什麼事。」

男孩們確實很吵。他們會抽煙、說髒話、吵架、打架，麥提在房間根本沒辦法拉小提琴，也沒辦法睡覺。他好幾次想要提醒他們注意自己的行為，但他後來又想，他們會自己安靜下來的。

麥提不和他們交談，也不知道他們叫什麼，他只知道副官的名字是菲力浦。

菲力浦是個大男孩，但是他很令人不愉快。他好像很聽麥提的話，每次叫他來他都會來，他會用軍隊的禮儀轉身，但他會直視人的眼睛，讓人不愉快。雖然他和麥提之間沒什麼紛爭，但有一次麥提背對菲力浦時，看到牆上的影子，菲力浦彷彿在對著麥提的背影揮舞拳頭，威脅他，還吐舌頭。麥提不確定這是真的，還是只是他這麼以為。因為菲力浦有什麼理由這麼做？房間裡沒有別人，而且，他又為什麼要威脅麥提呢？

他甚至常常聽到菲力浦在門後要其他的男孩安靜：「小聲點！你們根本不讓國王睡覺。你們這群混蛋，連國王你們都敢吵？」

但是比起男孩們的吵鬧，麥提更不喜歡菲力浦叫他們安靜。他覺得奇怪，為什麼菲力浦要那麼大聲？他明明知道麥提在隔壁會聽到一切啊。而且，他講「國王」的時候拉長了語調，彷彿在嘲笑麥提，或是嫉妒他，還是怎樣……

麥提現在試著盡量不要留在房間，也不要留在房子附近。他要不就是到山上去，用花朵裝飾墓園，要不就是划船去燈塔，或是坐在海邊沉思，想著：「我得做點什麼。我得寫信給五位國王委員會，但我要寫什麼？」

他不能寫信告訴他們，要他們把一切恢復原狀，因為他們會說，麥提自己也不知道自己在要求什麼。他得和這些男孩們談一談，讓他們知道，他想要認識他們、喜歡他們。但這是謊言，他根本不想要喜歡他們，他想要趕走他們，因為有什麼好偽裝的？他們真的很討厭啊。

他們抽菸，故意把煙從鑰匙孔吹進麥提的房間，你可以聽到他們小聲說話和偷笑的聲音。麥提寧可他們大吵大鬧，而不是小聲說話和偷笑。他們一定在笑麥提，因為門後傳來「國王」、

「他」、「麥提」的字眼。突然，菲力浦扯開喉嚨大叫：「安靜啦，你們這些野獸！國——王想要睡了！國——王想睡覺的時候，不准吵他！」

◇◇◇

一切都改變了，而且是立刻就改變了。

軍艦載來了幾個大人，他們會測量島嶼的大小。為了做地圖，兩位負責畫畫的女畫師也來到了島上。除此之外，還來了一位醫生，他給麥提做了健康檢查，在紙上寫了一些東西，然後就搭上同一艘軍艦離去了。工人們開始建造一間小屋，是要特別拿來當辦公室的。他們還帶了喇叭來。兩位作家、工人和兩個當守衛的男孩吹起喇叭，阿馬瑞、土地測量員和兩位女畫師則隨著音樂起舞。而麥提，則在他的床上哭泣。

麥提好思念多眠斯科上校，也好懷念會解夢的華倫庭。他覺得好憂傷、憤怒，若不是燈塔的孩子和山丘上的墓園，他就會穿上衣服，到密林裡，找到孤獨的高塔，然後躲在那裡，或者他也可以去找森林裡的野蠻人。麥提知道他們在那裡，只是躲了起來。

突然，麥提感覺到有東西在他的領子上爬來爬去。

「一定是小老鼠。」

不，那是一隻大老鼠，牠的尾巴很短，身體長著紅毛，有著白色的腳掌。最奇怪的是，牠脖子上有一條鍊子，上面綁著一個重物。不，那不是重物，是一個胡桃，而胡桃內有克魯—克魯的信。

克魯—克魯在信上寫著：「親愛的麥提，我的心告訴我，你在無人島上過得很糟。我現在完全見不到白人，因為一場大戰正在發生。邦・德魯瑪被殺了，我和你一樣是個孤兒了。」

之後，克魯—克魯詳細地解釋，麥提要怎麼把信塞到胡桃中，要怎麼把胡桃黏起來，這樣當老鼠游過大海時，裡面的信才不會弄濕。

麥提明白了，這隻老鼠就像是他和克魯—克魯的信鴿。他在給克魯—克魯的回信中安撫她，說他過得很好，他還不知道自己是否會繼續留在島上，請克魯—克魯經常寫信給他。

麥提在山丘上的墓園又多了一個墓。麥提把用來做圍牆的石頭移了移，想著：反正墓園已經有金絲雀了，那他的父母應該會諒解，他們要和食人族躺在一起吧。

「一，二，三，四，五。」麥提數了數，然後坐上船去找阿羅和阿拉。

很奇怪，今天孩子們對他很好。他沒帶任何東西給他們，因為他不想和阿馬瑞吵架，阿馬瑞從一早開始就很生氣，對所有人大吼大叫。他沒帶任何東西來給孩子們，所以阿羅給了他一個漂亮的貝殼，阿拉則給了麥提一塊有完美圓形的石頭。麥提知道，這會是孩子們給他的紀念品，因為他不會再來了。

阿拉一次都沒有哭，阿羅讀了一個關於小紅帽的童話，然後只有讀錯一次。麥提真不想回去。就讓他們在無人島上愛做什麼就做什麼吧，麥提要留在這裡。

但是，麥提還是回去了。而阿馬瑞在他房間裡等他。

「啊，國王您回來了真好，我很擔心。嘿，菲力浦！」

菲力浦站得像根竹竿一樣直。

「叫守衛兵到辦公室那邊去站崗，懂了沒？把門鎖上，鑰匙給我，懂了沒？如果你們之中有人膽敢偷聽我和國王的祕密會談，我就把他的皮剝了，懂了沒？現在就走！」

菲力浦到隔壁房間，那裡傳來一陣小聲說話的聲音，大家都出去了，菲力浦把鑰匙交給阿馬瑞。

「親愛的表弟，」騎兵長對麥提說：「我想要和您和平相處。我想要和您道歉，請您原諒我。」

阿馬瑞在麥提面前跪了下來。

「請站起來。」麥提說：「我不是聖人，不用在我面前下跪，我不明白這一切。」

「親愛的表弟，我是衝動的愛哲別塔女王的曾孫，她是暴躁的亨利國王的阿姨。我們是親戚，這就是為什麼憂鬱的國王允許我來到這裡。我想要像頭羊一樣聽話，我沒有給您午餐，因為帳目必須清楚明瞭。但是我現在得到了祕密指令，而我想要和您和平相處。國王，如果您不原諒我，我就會這樣……」

阿馬瑞侯爵把左輪手槍對準太陽穴，想要自殺。

「好了，好了。」麥提驚恐地大叫：「我也想和表哥和平相處。」

阿馬瑞一把抱住麥提的脖子。

麥提注意到，阿馬瑞喝醉了。

麥提什麼都同意，他對表哥感到遺憾，希望他趕快離去。

「我身上流著皇室的血，我是為什麼在此受苦？我必須和人決鬥啊，那些人可是污辱了我呢。我也必須辱罵將軍。我是說了什麼？我只是說他是個傻瓜，因為他本來就是。告訴我，親愛的表弟，他是不是傻瓜？」

「他是傻瓜。」麥提同意。

「我能夠不決鬥嗎？告訴我，國王。」

「不能。」

「所以他們為什麼把我送到這裡？」

然後他又想要自殺。

「喔，您看，我這裡有來自憂鬱的國王的祕密指令，『麥提的每一個希望都是我的希望。』這就是我的祕密指令……不，不是這個，因為我還有第二個祕密指令。喔，在這裡。這是年輕的國王給我的祕密指令，『我會叫醫生去，就讓他檢查麥提，然後寫一張報告說麥提瘋了，我會公開它，然後麥提就玩完了。』沒錯，我親愛的表弟，這就是我們的朋友，這就是這些國王的樣子。」

「年輕的國王是我的敵人，不是我的朋友。」麥提說。

「沒錯，但是克魯—克魯……不，不是克魯—克魯，而是燈塔那裡的野孩子，他們假裝是朋友，卻偷了那麼多玩具。兩個猜謎遊戲、一個小木偶、四本書、六枝彩色鉛筆。誰要為此賠償？我沒錢啊，雖然我身上流著皇室的血。而我的尊嚴不容許我不賠償，我要殺了多眠斯科，然後自殺。」

「親愛的表哥，」麥提安撫他：「是我自己把玩具拿給那些孩子的。」

「國王，您是個尊貴的人。您向我隱瞞這件事，但我知道那些守衛會大吵大鬧，不讓您睡覺。他們會抽菸，而他們抽的菸是最低等的，很臭。他們還會把煙從鑰匙孔噴向您的房間。他們會故意把蒼蠅丟進您的茶裡，把臭蟲放到您床上去。他們還偷了兩個斧頭和半磅釘子。而誰要為這一切負責？我！我！我！我！我雖然是愛哲別塔的曾孫，但我一毛錢都沒有！」

麥提費了好大一番工夫，才把阿馬瑞手中的左輪手槍奪過來。他讓阿馬瑞在他床上睡下，自己開窗讓守衛兵進來，要他們安靜地上床睡覺，因為騎兵長的頭在痛。

麥提坐著休息，覺得好累。他一下子獲得了太多訊息。

所以這就是為什麼他的茶裡有蒼蠅？因為是有人故意放的。

所以這就是為什麼醫生來了？因為要把他變成瘋子。

所以這是為什麼臭蟲會咬他？

所以騎兵長必須賠償那些不見的東西？

好吧，那誰要來賠償麥提的人生，他明明什麼也沒做。而旅程、軍艦、燈塔，這一切都要花錢。

阿馬瑞真的是他的表哥嗎？

他能不能躲在一座沒有任何軍艦會到來的島上，甚至連老鼠也到不了，在那裡，他可以真正地獨自一人？

麥提只明白了一件事，他不會在無人島上久住了。當他上一次決定逃獄時，情況和現在完全不同。那時他的心跳得好快，千百種想法在腦中轉啊轉，一下這裡，一下那裡——他很匆忙，他怕自己會失敗。現在他不怕了。他甚至沒想到會失敗。他整個人很平靜，他靜靜地觀察、等待，也許事情還會有變化。

他把阿羅的貝殼和阿拉的石頭放在桌上，然後馬上就忘了一切不愉快的事。真可愛的貝殼，世上只有一個。麥提知道，海灘上的貝殼有千百個，但是這個貝殼是阿羅給他的，阿羅還說：「給你，因為你教了我。」

這塊普通的石頭也是世上絕無僅有，因為是阿拉給他的。她對麥提微笑，也對石頭微笑，在世上，沒有一塊石頭裡有小阿拉的微笑。

麥提坐著，雖然已經是夜晚了。他沒有地方可以睡覺，因為阿馬瑞睡在他床上。他提起筆，在日記上寫：「我以為，騎兵長阿馬瑞是壞人，但他其實是個很可憐的人。如果年輕的國王把自己所有的想法說出來，如果我也把自己所有的想法說出來，也許我們不會是敵人。」

然後他又寫：「如果每個人都在濃密的森林裡有一座孤獨的高塔，那就好了。」

然後他又寫：「世界上有各式各樣的人。」

麥提把頭枕在桌上，睡著了。

◇◇◇

麥提沒和守衛兵交談，主要原因是：他不知道要怎麼和他們說話。他想要和他們相處融洽，就像和菲列克相處一樣，但是又不想讓他們用「你」來稱呼他。以前可以這樣叫，因為那時候麥提是真正的國王。再說，那時候他和菲列克那麼親暱，或許也不是很好。但是，麥提也不想用「您」來稱呼守衛們，這樣太疏遠了。所以，和他們相處一直很困難。

但有一次，麥提和守衛之中最平靜、也最正派的那個男孩巧遇了。和麥提一樣，他也經常到海灘去，不是為了抓魚，而是為了靜靜坐在那裡。之前有一次他看到麥提，就走開了，他一定是不想要打擾麥提。

這一次，他們在一條狹窄的小徑上相遇了，如此突然，如此接近。

「午安。」麥提說。

「午安。」

「森林裡很漂亮。」

「而且很安靜。」

「以前整座島嶼都很安靜，現在才變得吵鬧。您喜歡安靜嗎？」

「我喜歡。」

「為什麼你們那裡常常那麼吵？」

這個問題顯然令男孩不快，他沒有回答，因為不想要批評同伴。

「您的名字是？」

「史蒂芬。」

「我父親也叫史蒂芬。」

「我知道，我在歷史課上學過。」

一句一句地，麥提知道了許多關於男孩的事。

史蒂芬家裡很窮，他父親失業了，所以他來到島上工作，幫忙家計。他無法做很沉重的工作，因為他的心臟不好。他賺到的軍餉，都寄給父親了。

「您想家嗎？」

「有一點，但是想家有什麼用，必須如此。」

「嗯，那別人呢？」

「我不是很清楚。我認識的一個男孩是孤兒，他以前待過軍樂隊。另一個是裁縫的兒子，他們家有十個小孩，家裡窮得要命。還有一個人是鄉下來的，他想學習，於是來到了大城市，但是他什麼地方都沒找到。最後一個的繼父對他很差，他一定是被繼父趕出家門的。其他人我不熟了。」

他也許和他們不熟，也許不想說。

「世界上有各式各樣的人。」麥提想。

突然，麥提問：「史蒂芬，你抽菸嗎？」

「我不抽。」

「那當他們抽菸的時候，你不覺得悶嗎？」

「有一點。」史蒂芬咳了一聲，說。

「聽著，您可以來睡我這裡。」

「謝謝國王，但還是保持原狀比較好。」

「為什麼？」

「他們會找我麻煩。」

「為什麼？」

「他們會說我拍您馬屁，您才對我那麼好。」

「誰？每個人都會這麼說嗎？」

「不是每個人，但他們會說。」

「愛說就讓他們去說。」

「不，聽了會難過。謝謝國王。」

他看起來想要走了。麥提覺得很難過。

「你為什麼要逃跑？」

「嗯。他們會看到，然後來找我麻煩。」

「他們現在就不找麻煩嗎？」

「他們是要找什麼麻煩？」史蒂芬幾乎是生氣地說。

然後他就走了。

麥提覺得難過，他為男孩感到遺憾。

怎麼辦？

麥提不想回家，森林令人憂愁，而海灘上現在一直有人走來走去。

「我要去找阿羅他們。」

他來到海灘，想要坐船出海，但找不到船槳。麥提跑去找騎兵長阿馬瑞，向他告狀。

「我的槳不見了。」

「馬上就會找到的。」阿馬瑞說：「把守衛兵叫來。」

「您打算怎麼做？」

「狠狠打他們一頓！」

「我不准您這麼做。」

「那就沒辦法了，那我們就找不到槳。」

麥提回到家，頭垂得低低的，整個人彎腰駝背。

「國王，我找到了槳，但只有一個，是在灌木那邊找到的。」

「另一個呢？」

「另一個沒找到，但是我會去問其他人，一定會找到的。」

「菲力浦，槳該不會是你拿走的吧。」

「我？？？」菲力浦驚訝地說：「我？？？看在老天份上啊，我根本沒離開這裡一步，我可以證明給國王看……」

他越是為自己辯白，麥提就越肯定，一定是他拿的。

他跑來跑去，彷彿在問人。晚上，隔壁房間傳來他的吼聲：「是你，史蒂芬。等著瞧，你這小偷，我會被冤枉都是你害的。是你偷的，卻是我要去受審？」

麥提聆聽著，等史蒂芬說話，但他什麼都沒說。

第二天，連船都不見了。有人把船從鏈子上扯掉，然後船就飄向了大海。有誰能從大海中找回船？阿羅和阿拉一定在等他，不，不，麥提不會再來了。麥提今天不會來，明天也不會。他回到房間，開始收拾背包準備上路。他還想和墓園道別，然後晚上就走。接下來會怎樣，就怎樣吧。

他往他的山丘走去，但心裡很不安。也許又會有壞事發生？他三步併作兩步趕過去，彷彿想要阻礙那個做壞事的人，或是保衛自己的東西。啊，他抓到現行犯了，菲力浦正在用腳踢他的墓園。

突然，發生了一件麥提完全無法理解的事。他腦中一片混亂，眼前冒著金星。他的拳頭自己握了起來，往前揮去。菲力浦抓住麥提的手，但麥提很有力氣，他想打人，他也打了。菲力浦把麥提推開好幾次，所以麥提抓住菲力浦的襯衫，開始狂打，打得他自己都喘不過氣。菲力浦彎下腰，抓住麥提的手，但只抓住了一下子。他轉過身，然後向麥提揮拳。這時，麥提才真正獲得了好好打一架的權利。之前菲力浦只守不攻，麥提一直覺得不好意思，於是不能發揮全力。麥提往前跳去，撲向菲力浦，但是沒有成功，於是他退後一步，用盡全身的力氣衝向敵人。菲力浦彎下身，麥提的拳頭於是打到了菲力浦的嘴邊，之後他又打了兩次他的頭。麥提自己也被打了一拳。然後，麥提用手抱住菲力浦的脖子，打他的下巴，踢他。麥提又向菲力浦打了兩拳，自己的胸口也中了兩拳。麥提向菲力浦的臉揮拳，但是沒打到。他又打了一拳，打中菲力浦的鼻子。

鮮血飛濺到麥提被踢毀的墓園上。

他們於是都清醒了過來。

「給你。」麥提把手帕遞給菲力浦。

菲力浦的臉雖然腫了，但是他的表情很平靜。他開心地笑了，搖著頭說：「我沒料到，國王竟然這麼能打。」

麥提知道這是一段漫長對話的開場白，他等待著。

「既然這樣，那我就坦白地說了。反正也沒差。沒錯，是我把煙吹進您的房間，是我故意把鐘弄壞，是我故意把一大把蒼蠅灑到湯裡，是我把槳和船偷走的。我找人麻煩，向人報仇，但是其他人也向我報仇。」

菲力浦在十歲的時候，因為偷竊而被送進少年輔育院。他在那裡過得很差，人們不給他吃東西，還會打他。在那裡所有人都會打人，管理員、守門人、師傅和年長的男孩都是。誰有力量，就可以指使別人，這些人會暗地做壞事，然後再栽贓到弱者身上。誰有力量，就可以搶奪年幼者和弱者的麵包和糖[8]。菲力浦在那裡學會了玩牌、抽菸、說髒話。他也在那裡學會了報仇、用各種手段整人、說謊、找藉口、騙人。

「我對你做了什麼？」麥提問：「你為什麼找我麻煩？」

「我也不知道。嗯，我只是生氣，一個人是國王，而另一個人是小偷。我也想知道，國王是否真的是好人，還是大家都在說謊。我也不知道。我本來希望國王會去和騎兵長告狀，這樣他們就會用皮繩抽我們。」

「所有人，所以你也是？」

「嗯，我也是。這沒什麼大不了。只有一開始會不舒服，之後就沒差了。」

「菲力浦，你不生氣我打了你嗎？」

「哈，這算什麼啊。只是打架時我們不打鼻子。」

「我不知道。」

「是啊，打架可是很深奧的一門學問呢。你要知道怎麼打才能讓人痛，但是又不會打到流血，或留下痕跡。」

「聽我說，菲力浦，我有一個請求，請你不要去找史蒂芬的麻煩。」

8 在柯札克的年代，糖很貴而且很重要，人們不只會把糖加進咖啡、茶中，也會把它灑在麵包上來吃。

「就讓他保護自己啊，為什麼他這麼軟弱？大家欺負他，他什麼反應都沒有，這讓人看了很煩欸。」

「他生病了，會咳嗽。」

「那又怎樣？他可以用說的啊，就讓他用舌頭來還擊，因為現在看起來他好像是不屑與我們為伍。」

「如果他不會呢？」

「那就讓他學會。」

「如果他不想要反擊呢？」

「那就讓他不要那麼頑固。」

「所以你不想承諾，你不會再去找他麻煩？」

「好啦好啦！我也不是那麼需要找他的麻煩。」

他們伸出手握了握。

「記得你的承諾……」

◇◇◇

麥提寫信給騎兵長阿馬瑞，請他不要來找他。麥提不是戰犯，也不是監獄裡的犯人。他可以做他想做的事，對五位國王委員會來說，這樣反而更好。他不會再花他們一毛錢，阿馬瑞可以回家，就讓他們以為，麥提已經死了。

然後麥提就走了。放眼望去，都是無邊的黑夜。

他只拿了絕對必要的東西上路。

他選了一條人跡罕至的路，這樣之後如果他們來搜山，就絕對找不到他。所以，麥提沒有沿著河邊走，只是在河附近。要活下去他一定要有水，但他不能離水邊太近，這樣會被人發現。

森林很濃密，他們找不到他的。他只要走五步，就可以藏到灌木叢中，只要不出聲，就沒有人能抓住他。

麥提也不知道他走了多少路。有時候他必須撥開濃密的灌木，得一步一步小心走。有時候路面比較平坦，他就走得比較快。再說，他也不趕時間。他很自由，很安全。看來，在無人島上沒有野獸也沒有毒蛇。他不害怕飢餓，他在書上讀過，知道如何分辨哪些水果可以補充能量，哪些植物有甜蜜的汁液可以取代糖分，哪些蘑菇可以食用，哪些植物的根部吃起來像胡蘿蔔和沙拉。

睡在樹上很舒服，甚至比睡在床上還舒服。因為樹上有纏繞的藤蔓、濃密的樹枝和葉片，這些東西彷彿形成一個懸掛在半空中的、舒服的、充滿香氣的綠色床墊。這床墊還會彎曲，像是裝了彈簧。而且即使你在睡夢中翻身，也不會從上面掉下來，摔到地面。

有一次，麥提從樹上掉下來，跌到柔軟的灌木叢上，只是擦破了一點皮。

麥提想要再去孤獨的高塔，但是找不到它。而且，他為什麼要找？很明顯地，隱士不想要和他交談，他很快就把麥提帶出去了。

麥提走著，走著，一點都不趕。有一次，他一整天都待在同一個地方。好幾次，他覺得他聽到河邊傳來人們追捕他的聲音，是喇叭聲。嗯，好吧，如果他們想要的話，他們可以和他玩捉迷藏的遊戲，等他們無聊就會走了。

第一個星期，麥提會記下他走了幾天，但是後來他就不記了。為什麼要記？就讓日子一天接一天過去吧。只有在等待著什麼的人才會好奇時間的流逝，而麥提並沒有在等待什麼。

但是送信的老鼠找到了他，麥提很高興。真有趣，這麼小的動物，但牠有一個聰明的鼻子，比人類的眼睛加起來都要聰明。老鼠一定在路上被攻擊了，因為牠有一隻腳被咬掉了，走起路來一跛一跛的。麥提給牠清洗了傷口，幫牠包紮。

克魯—克魯的信上寫著：「親愛的麥提，我送了一百封信給你，但是沒有收到任何回信。如果你沒有在很遠的地方，應該已經收到十封信了，因為我們的巫師說，我送出去十隻老鼠，有九隻會死在路上，淹死、被魚吃掉或被動物吃掉，只有一隻會到你那裡。寫信告訴我，你在哪裡，還有你是否需要幫助。還有，如果老鼠沒有表示牠休息夠了、想上路了，就不要把核桃綁在牠身上。你永遠的克魯—克魯。我們和白人的戰爭依然持續中。」

好的，麥提給老鼠療了傷，持續觀察，牠何時想上路。老鼠很感激麥提給牠療傷，雖然洗傷口時牠很痛，但牠舔了舔麥提的手，眨眨眼睛，彷彿在道謝。麥提也不想讓這個小朋友離開，有老鼠在身邊，他覺得自己似乎不是孤獨一人在無人島上。

麥提燒開了水，把甜蜜的植物汁液加到熱水裡，切了一點樹葉、植物的根部和水果，加到水裡。湯聞起來有梨子和蘋果果汁的味道，老鼠像松鼠一樣用兩條後腿坐著，像是在等待或守候。麥提去睡覺的時候，老鼠會躲到麥提的袖子裡，但是屁股先進去。牠把鼻子伸在袖子外面，動著鼻子，彷彿在和克魯─克魯打電報。

老鼠和麥提在一起時，會放心地跟著他走來走去，或是會坐在他肩膀上。但是當老鼠獨處的時候，牠十分小心，有什麼風吹草動就會消失，躲到樹葉底下，伸出鼻子來，彷彿在問是否已經可以出來了。

牠腳上的傷好了。麥提寫了信給克魯─克魯，把信放在胡桃裡，試著把胡桃掛在老鼠脖子上。老鼠叫了一聲（這是牠第一次叫），憂傷地看著麥提，麥提馬上就把牠脖子上的鏈子拿下了。看來，牠還沒有足夠的力氣上路，或者，牠聞到了危險的味道。麥提不記得，上一隻老鼠是否也這樣求過他，請他不要把牠送走。一般來說，麥提不會留意到這種事，他那時候還不知道要尊敬老鼠。

麥提也想到，如果你不尊重比你小的人事物，他們就什麼都不會告訴你。如果你尊重，那

即使是石頭和貝殼都會開始和你說話。沒錯，麥提和阿羅的貝殼和阿拉的小石頭說過話，而老鼠也會說話，因為牠就的鼻子就一直動啊動的。麥提想到，也許他可以送老鼠去海上的燈塔，當作嘗試？

突然，老鼠變得很不安。晚上，牠在麥提的袖子裡動來動去、嘆氣、跑來又跑去，用三隻腳跳著。很明顯，牠在說：「我已經休息夠了，我想上路了。」麥提於是寄了一封信給阿羅和阿拉，說他的船被人拿走了，他只好丟下他們。當天晚上，他就收到了回信，但紙是濕的，因為胡桃沒有黏好。麥提只能讀出幾個字：「可惜……我自己學習……他們來找過……我們在等。」

麥提吻了這封信，把信和媽媽的照片、金絲雀生前最後吃剩的一片沙拉（你甚至可以看出有個地方有牠咬過的痕跡）、貝殼和小石頭收在一起。

但是老鼠依然很不安，牠只游了那麼一點路，這算什麼啊？牠轉著圈子，細聲尖叫，尋找胡桃。好吧。麥提把老鼠送上路了。他又是孤獨一人，覺得很難過，於是也啟程上路——往河的源頭去。

麥提走啊走的，直到他來到一座湖泊，遇到了島上的野蠻人。在湖的中間有一座小島，有三個人正用椰子殼接水來喝。

麥提沒有害怕，相反地，他很高興。他舉起白旗，表示他是抱著善意來此，那些人看著他，覺得很驚訝。

麥提等了三天，直到第三天，才有一個人坐上樹幹，笨拙地划著船來找麥提。

好奇怪，野蠻人也不是什麼都會，也可能笨手笨腳。

他們幾乎是用四肢走路。那個來找麥提的使者帶來了一個金屬鈕扣、一根燒過的火柴、一小段黑線和一個瓶蓋。麥提明白了，他們是拿貢品來給他，只希望他不要與他們為敵。

於是，麥提就這樣認識了最野蠻的野蠻人，但他們不是食人族。麥提和他們一起在湖中的島嶼上住了下來。野蠻人很喜歡麥提，把他照顧得很好。他們不讓麥提做任何工作，自己做所有的事。麥提可以整天躺著，想各種事情。

麥提來到島上是為了逃離人群，但沒有成功。直到他在這座海島上找到這湖中的島嶼，他才真正有了平靜。他彷彿就像躲在堡壘的心臟。也許他會造一座孤獨的高塔，然後留在這裡？永遠留在這裡？他的墓園在那邊的山丘上被毀了，也許他可以在這裡再蓋一座？

直到在這裡，麥提才有機會好好想一想阿馬瑞、史蒂芬和菲力浦的事。他想在日記中寫一點東西，但是他只剩一張乾淨的紙了，鉛筆也只剩一半。所以，他沒辦法寫很多。他必須節約用紙，不像在學校裡一樣，在那裡，孩子們隨便什麼蠢事都會寫滿滿一張，或是把紙揉成球丟來丟去。

阿馬瑞是好人嗎，還是壞人？菲力浦可以變好嗎？為什麼和他一起住的野蠻人不會吃人？他們甚至不會射箭。

麥提在日記上寫：「世界上有安靜的靈魂和不安靜的靈魂。」

多眠斯科很安靜，麥提的媽媽很安靜，那個他在戰爭時在農家看見的小孩很安靜。現在和他一起住的野蠻人很安靜。宮廷司儀、金絲雀和康帕涅拉女王很安靜。

而不安靜的靈魂有菲列克、阿馬瑞、阿拉和菲力浦，甚至年輕的國王也是。沒錯。麥提也是不安靜的人，還有克魯—克魯，還有食人族，但不是每個人。不安靜的人會掀起戰爭，安靜的人必須聽他們的話。這是為什麼憂鬱的國王雖然很安靜，卻必須參戰。

送信的老鼠也是不安靜的，但是牠的不安和獅子不同。老鼠想要有用處，麥提也是。

麥提在日記中寫道：「不安靜的靈魂可以是好人或壞人。如果在世上有許多不安靜但善良的人，那就會很好。如果不安靜又邪惡的人比較多，那就會很糟。」

但是麥提不知道，如果世界上的所有人都很安靜，如果世界上沒有不安靜的人，這世界會變得怎樣。麥提把紙放在膝上，舔了舔鉛筆，但是不知道要寫什麼。野蠻人蹲在旁邊看著麥提，把嘴張開，彷彿知道麥提在做一件很重要的事。他們甚至不敢眨眼，怕驚擾了麥提。麥提很感激他們，但又為他們難過。

◇◇◇

邦·德魯瑪不知道，法福卡島上的會議是如何結束的。

他接到消息，得知麥提被軍艦送到無人島上去了。但是他完全沒想到，麥提是自願前去的，所以很氣白人國王背叛了他。為了一個女王，就要這樣報仇，實在是太過分了。他們假裝沒有生黑人的氣——黑人們已經解釋過，是他們搞錯了啊——背地裡卻偷偷叫來了軍艦。嗯，好吧，他們狠狠地懲罰了黑人，但麥提是無辜的。他救了這些白人國王的命，而他們是怎麼報答他的？

邦．德魯瑪於是向所有的白人國王宣戰，來自東南西北的黑人們都同意加入戰爭。

他們宣布他們要開始一場聖戰，在這場戰爭中，麥提彷彿是他們的神。

黑人沒有報紙也沒有書本，只能靠口耳相傳，每個人在傳話時都加油添醋，所以最後的故事和原本的完全不同。

所以黑人們的故事是這樣的：白人很強大，因為他們從天上偷了閃電，他們用閃電毆打黑人，黑人們無計可施，只好聽白人的話。但是神給他們送來了麥提，這樣黑人們也可以擁有閃電。但是白人國王們把麥提關了起來，他們不敢殺死他，甚至沒辦法殺死他，因為閃電比較聽麥提的話。麥提承諾，如果黑人們把他救出來，作為獎賞，黑人也可以變成白人，那時候一切都會很好，而黑人們對於自己只能一直當黑人已經感到厭倦了。

這會是一場很大的戰爭，但或許也可能沒那麼大。因為根據某個傳說，黑人已經打敗過白人一次。白人們被綁了起來，五個五個綁成一堆。但是特哈—葛洛國的食人族吃了一個白人女王，破壞了他們不會再吃人的承諾。麥提生氣了，於是幫助白人用閃電來對付黑人。為了贖罪，黑人必須進行這場聖戰。既然他們已經打敗過白人一次，現在應該也不會很困難。

於是，信使們從一個國家跑到另一個國家，跑過森林、河川、沙漠和山脈。

所有的黑人，站起來參戰！

只有女人留在家裡照顧老人和小孩，而男人們都上了戰場。

當然，白人國王們比所有的黑人更快得知戰爭的消息。他們一開始覺得害怕，但後來想這樣也好，他們終於可以一勞永逸地解決黑人的問題，狠狠地給他們教訓，讓他們永生難忘。他們約好了，誰要提供多少戰艦和多少軍隊。大國的國王提供一萬五千艘戰艦，而小國的國王則提供五到十艘。

白人的軍隊駕著軍艦，航向非洲，軍艦停在海岸等待。軍隊這次帶去的都是十分兇狠，然後又不太守紀律的士兵，裡面有酒鬼、小偷和不聽話的傢伙。因為司令們想，就算他們戰敗了，也不會很可惜，因為這樣一來軍隊可以剔除那些難搞的混蛋。黑人沒有軍艦，他們也不會來找歐洲的麻煩。他們想要的話，就讓他們試試看駕小船渡海吧。

戰役開始了。甚至你不能稱它為戰役，只能說是屠殺。學者專家們早就預見到會有這樣的戰役了，他們稱它為「種族的戰役」，這表示，這不是一場白人國家彼此廝殺的戰爭，而是整個白人種族和黑人種族的爭鬥。但是沒有一個學者專家能預料到，這場戰役會如此可怕。

因為黑人的巫師宣布，在聖戰中被殺的人並不會死，只是跌倒了，第二天他會醒來，變成一個白人，他們是親口聽到麥提這麼說的。

所以你們可以想像接下來發生的事。每個人都想要以最快的速度被殺死，這樣就可以趕快變成白人，衝回自己的妻子身邊說：「你看，你有一個多麼漂亮的丈夫啊。」

妻子和孩子會覺得很害怕，不敢相信。而男人們會開始笑，說：「喔，女人，妳真笨，你們也會變白的。」

在此，麥提為他們創造了奇蹟。丈夫會說：「你們看，這是麥提國王給我們的香皂。你們這些髒鬼，快去洗一洗吧。」

妻子和孩子洗了澡，然後，奇妙的事發生了！大家都變白了！

「你們看，我沒騙你們。」

他們既然親眼看到，就一定會相信……

所以你們可以明白，發生了什麼事。黑人的軍隊中根本沒有傷患，因為每個人都想立刻被殺。在真正的軍隊裡，讓自己暴露於危險中是被嚴格禁止的。當然，該冒險的時候就要冒險，但一個好士兵應該要避開子彈、在地上匍匐前進、挖壕溝。但是黑人們完全沒有這麼做，哪裡有最多槍林彈雨，他們就爭先恐後地往那邊去。

白人軍隊發現黑人們完全不防禦，於是就大舉進攻。光是黑人國王們，就死了五十個人，其中也包括邦・德魯瑪。

但事情沒有就此打住。男人們都死了後，他們的妻子也上了戰場。於是，有了第二場戰役，在歷史上被稱為「黑女人的戰役」。

白人國王們殺了那沒多黑人，多到他們自己都害怕。因為白人們也需要黑人，感謝黑人讓白人有可可亞、無花果、椰棗、用象牙做的撞球、橡膠雨鞋、駝鳥羽毛、藥品、蓖麻油、肉桂、香草、鸚鵡、美麗的貝殼、玳瑁梳子——而且，殺人不好，雖然他們是黑人，但還是人——況且，這些人很有用。雖然蓖麻油的味道不好，但是打撞球令人愉快，有鴕鳥羽毛的帽子看起來很漂亮，有加香草的煎餅吃起來更可口。所以白人國王們決定教育這些野蠻人，告訴他們，白人比黑人高尚，所以他們不殺女人。

「你們可以把康帕涅拉女王吃掉，因為你們是野蠻人。但我們很高貴，我們不會對女士們做任何壞事。」

他們俘虜了女人，然後原諒了她們。

這時候，發生了最令人沮喪的事。克魯—克魯帶孩子們上了戰場。我為什麼說這是最令人沮喪的事？因為孩子們根本沒辦法應付戰場上的生活啊，他們甚至走不到海邊——半數的人都死在路上了。

可憐的，可憐的麥提，他所看到的景象實在是太恐怖了。營帳中擠滿了飢餓、生病、絕望的孩子們，他們絕望，因為他們以為自己已經沒救了。這時，麥提突然出現了，他是被克魯—克魯叫來的。

早在女人的戰役開始之前，克魯—克魯就收到來自麥提的信。克魯—克魯立刻派了四個人去，讓負責送信的老鼠把他們帶到麥提那裡。兩個人在路上被鯊魚吃掉了，另外兩個人成功來到了島上。他們聽從克魯—克魯的命令，在離島五哩的地方下船，然後潛水過去，用空心的芒草當呼吸管。因為克魯—克魯怕他們被守衛抓到，她一直以為，麥提還被人監禁著。

可憐的，可憐的麥提。他不情願地離開了自己安全的隱身之處，要離開那些可憐的野蠻人朋友，他也覺得很難過。但是沒辦法，這世上發生了很糟糕的事，這事是因他而起，以他之名發生，而且好像也是為了他。克魯—克魯召喚他前來，請他給建議，告訴她該怎麼做。如果他沒能幫助邦．德魯瑪，那至少他有責任幫助克魯—克魯，以及他忠實的黑人朋友們。

他們花了兩個星期準備逃亡。首先他們得破壞燈塔，這樣燈光才不會照射到黑暗的海上，暴露他們的蹤跡。黑人們會負責這件事。然後，他們得做一艘小船和槳，把所有的東西藏在海灘，然後盡快上路。

麥提留了一個鐵盒、一個瓷杯、四張畫、一個戒指、皮帶的扣子和一個凸透鏡給憂愁的野蠻人們做紀念。他們久久不敢相信，麥提竟然要把這些寶藏永遠留給他們。

他們在一個黑暗的夜晚逃亡。

「你們怎麼把燈塔弄壞的？」麥提問。

「這容易，島附近沒有鯊魚，所以我們游過去，用空心的芒草呼吸，只露出一小段芒草在水面。我們在那裡等了兩個小時，等到老燈塔員和孩子們出去捕魚，然後就割斷了你叫我們割斷的電線，然後把你的信放在桌上。」

麥提寫了信，因為他怕老燈塔員會以為那是阿羅幹的，然後生阿羅的氣，於是他寫信說是老鼠咬斷的，這樣就沒有人會知道任何事。

夜晚一片黑暗，大海很平靜，麥提坐在船舵旁掌控方向，兩個黑人則在划船。如果一切進行順利，兩天後他就會來到陸地，國王的大象已經在那裡等待，會帶他們上路。

夜晚一片黑暗，四處很寧靜，他們的航程進行得很順利。麥提想起所有他在島上度過的時光，然後明白，雖然他在島上過得很憂鬱，但他很快樂。麥提明白，他不會再有平靜的生活了，他不會再有時間看螞蟻、丟石頭到海裡或講故事給小阿拉聽。

等著他的是沉重的工作，而且不知道還會有多少磨難。

6.

VI

麥提被帶進國王的帳篷，雖然他旅途勞累，但克魯—克魯在第一晚就得告訴他，發生了什麼事。再說，麥提自己也看得到發生了什麼事。營帳中那些不幸的孩子看起來實在太可怕了。他們完全沒有東西可吃，因為他們沒有帶糧食上路。到處都是哭聲和生病孩子的呻吟。他們無法繼續往前走而留在原地，他們必死無疑。那些還有力氣的人早就逃了，而剩下的人則等待麥提的決策。

「克魯—克魯，妳還記得有一次妳在樹上追松鼠嗎？」麥提問。「妳記不記得，妳怎麼把安托克的牙齒打落的？」

「我記得。」克魯—克魯說，她甚至沒有微笑。

如果有人一直都很活潑開朗，而現在則愁容滿面，這是最令人難過的了。

他們好一陣子沒有交談。

「營中有多少個孩子？」

「我自己也不知道。一些死在路上，一些逃走了。」

「妳覺得妳們還可以撐一個星期嗎？」

「我們必須。」

「沒有別的辦法了，我們不能浪費時間。我得到最近的白人城市去，找到有無線電報的地方，我會叫白人來幫忙。」

「他們會答應嗎？」

「沒有別的路可選了。再說，如果他們在和女人的戰役中表現得寬宏大量，那他們也一定會幫助孩子們。」

「就照你說的去做吧，麥提，因為我無計可施了。」

當黑人孩子看到麥提要離開他們，他們都哭得很淒慘。

「救救我們！」他們叫。

「不要丟下我們！」他們又叫。

麥提爬到樹上，讓大家都可以看到他。他對孩子們說：「不要怕，我會找人來幫助你們。你們必須等我一個星期，或者只要三天。我越快上路，我就越快帶人來幫助你們。」

黑人孩子們相信了麥提，立刻就安靜下來，甚至有些人開始唱歌，但是很小聲，因為他們很餓。這些孩子是如此信任他，這讓麥提覺得更難過。因為當你做出承諾，但你不確定會不會實現，這是最糟糕的。

孩子們的營隊在一條大河旁邊，麥提知道，在河的盡頭有白人的港口，甚至附近也有城市，也許那裡會有無線電報。麥提滑著船往港口去，因為順著水流，所以很快。他以前常常划船去海上燈塔，現在這技能派上用場了。直到現在，麥提才發現自己有多強壯，也才知道他為什麼打贏了菲力浦。

「我現在很強了！」麥提想。

雖然他又餓、又累又想睡，但他划得很快，彷彿身上長了翅膀，或是有人在追趕他——他不知道，是痛苦還是尊嚴幫了他一把。他划著小船前進，就像旋風一樣快。

他只在清晨時停下來一下，摘點水果吃，然後就繼續前進，因為孩子們在等。

他在路上兩次遇險。一次是他在划船時打了個盹，船自行前進，水流把船推到岸邊，麥提差一點就進了河馬的嘴，但還好他在睡夢中依然穩穩地拿著槳。另一次，他差點翻船，因為他划到了一條巨鱷的身邊。如果他在這裡摔進河裡，那些孩子們就白等了。

麥提一開始擬好了計劃，當他到達目的地要做什麼。但是後來他就什麼也不想、什麼也不知道了，只是不停地划槳，彷彿他不是人，而是機器，或是像他第一次去邦·德魯瑪那裡時，看到的軍艦螺絲。

當他看到河岸邊的城市，他既不驚訝，也毫無喜悅。

城市裡有白人，有郵局，有白人的屯駐地，有無線電報。無線電報員還在自己家裡，他住在離河不遠的一棟漂亮小屋裡，正在花園裡。你們看看，在遠處有這麼多不幸，這麼多孩子死掉，而在這裡，人們則過著平靜的生活，對遠處的悲慘一無所知。電報員正在澆花，他旁邊則有一個穿白色連衣裙的小女孩在跑來跑去，她長得就像阿拉，而她正在吃一塊塗滿了蜂蜜的麵包。

「您是電報員嗎？」

「我是，怎麼樣？」

「請立刻幫我拍一封電報。」

「等等，小子。還不到九點啊，我得澆花，不然等下太陽太大，泥土被曬熱，就不能澆了。」

「我不能等。」

麥提不能等，因為他就快倒下，馬上就會沉沉睡去了。他大概會睡一百年，而遠方的孩子在等。

「我是麥提國王。」

「麥提國王？」

「我連續兩個晚上沒睡……那邊有許多孩子在等死，他們需要幫助。」

電報員把澆花器放下，麥提把它拿了過來，把水倒到自己頭上，好讓自己清醒。

「快點，不然我要睡著了。」

「好啦，我這就去。」

電報員的妻子說：「米豪，你還沒吃早餐。」

「我馬上回來。」

「至少喝杯牛奶。」

但是麥提拖著電報員往前走，整個人都靠在他的手上。

「快點。」

「馬上就走。」

他開始打領帶。

終於，他們來到了電報機前。

「嗯，要打什麼？」

「我不知道。」麥提呻吟：「對方有回應時，請立刻叫我起來。」

電報員發現麥提睡著了。

「搞什麼鬼？」

電報員拍電報給警長，警長還在睡，他昨天去參加了省長的晚宴。

「嗯，我們看著辦。」

他拍了一封電報給港口的司令官：「早上八點這裡來了一個白人男孩，從來沒看過，全身髒兮兮，衣服破爛，看起來很累。他說，他是麥提國王，還說有許多孩子在等死，需要幫助。他現在坐在這裡睡覺，說如果有人回應，就要叫他起來。」

半個小時後，有人回了電報：「立刻查證，叫省長來，加強防禦，不要讓他在無人看守之下去任何地方，等待回覆。」

五分鐘後，一封新的電報來了：「等待回覆。麥提國王從無人島上逃出去了，請查證，克魯──克魯是否真的宣布了黑人孩子的聖戰？她的軍營在哪？這是來自五位國王委員會祕書的電報。」

五分鐘後，電報機又響了：「麥提去過黑人孩子的軍營了嗎？如果是，他們在哪裡紮營？有多少個孩子？他們需要什麼？紅十字會總祕書。」

五分鐘後，又來了一封：「馬上回覆，麥提的情況如何，他是否健康無恙。憂鬱的國王。」

根本忙不過來啊，靠北──電報員生氣地想，因為沒多久他又接到警長的電話。

「那個男孩在幹嘛？」

「在睡覺。」

「在哪睡覺？」

「在椅子上。」

「他有在呼吸嗎？」

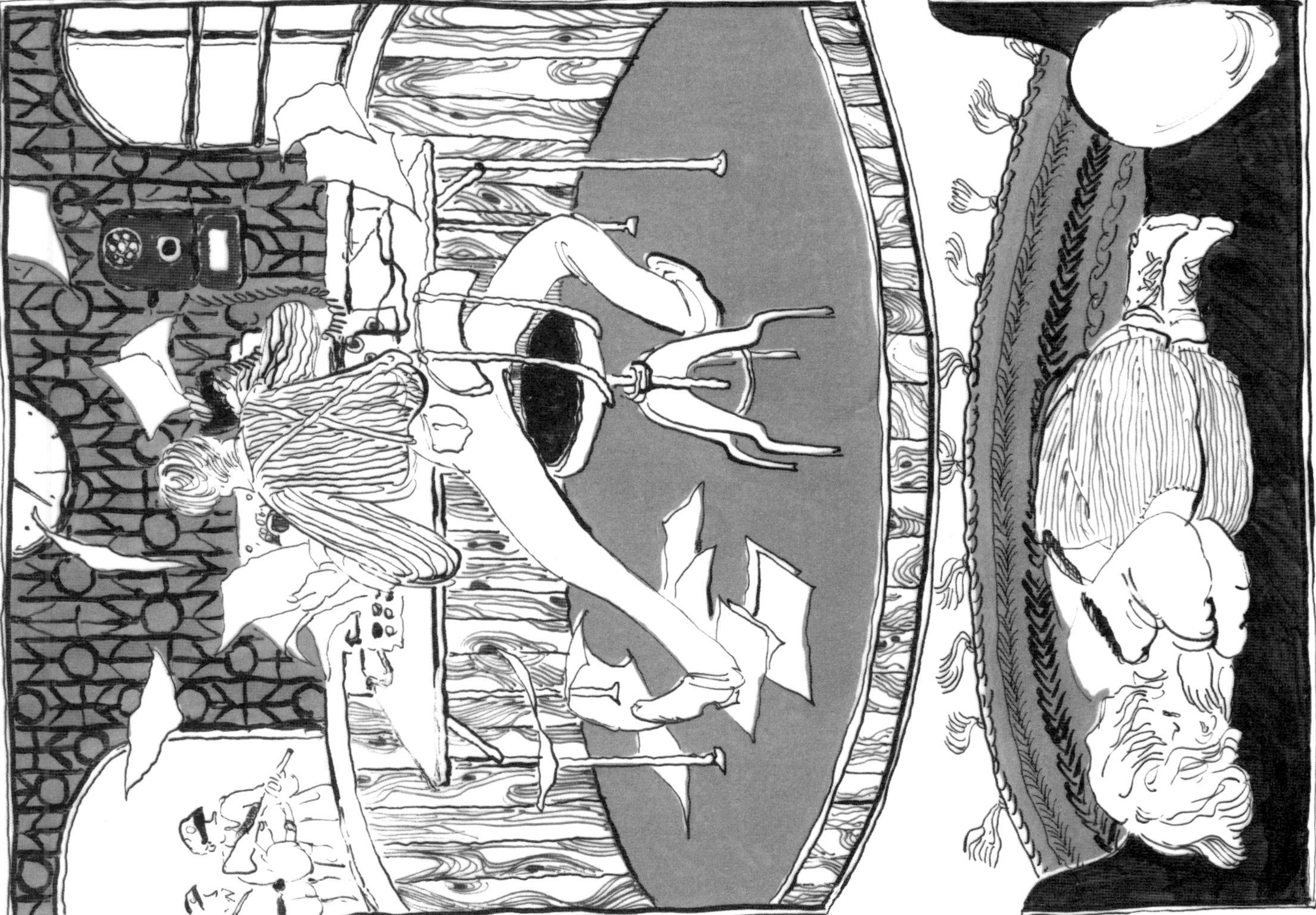

「有。」

然後門鈴響了：「這是省長。」

◇◇◇

他們是瘋了還是怎樣？我早餐都還沒吃呢。要不就是一個星期沒電報，要不就是電報一封接一封，以為我有四隻手啊？

「喂，小子，麥提國王，好啦不管你是誰，你有沒有在呼吸？你要記得呼吸，這是警長的命令。」

然後電報員又坐到了機器前。突然，窗前出現了拿著槍的士兵，彷彿就要開槍。他的妻子驚恐地衝進來：「快逃，他們要開槍了。」

孩子在哭。

而麥提在睡覺，連抖都沒有抖一下。

省長把睡著的麥提和他的照片拿來比對。

「看起來是同一個，雖然不完全相同。但照片是一年前拍的，這個年紀的男孩在長大。再說，他幹嘛要說謊？請您拍一封電報說，這就是麥提。」

於是，消息就透過電線傳到遠方的世界。

「看起來這男孩就是麥提。我們沒辦法叫醒他，他一張開眼睛，就馬上闔上了。他駕著黑人的船自己來到這裡，我們叫了醫生來把他弄醒。」

醫生成功地叫醒了麥提，他清醒過來。麥提看到紅十字會的電報很高興，命人回覆：「孩子們需要食物和很多藥品，他們又餓又病。得加快腳步，因為他們可能很快都會死。孩子有很多，我不知道確切的人數，我只在他們的軍營待了幾個小時，因為我得趕快去找救兵。我是晚上到那裡的。我乞求你們幫助這些不幸的孩子，之後你們要把我怎麼樣都可以，但你們一定得幫助這些孩子。麥提國王。」

醫生用聽診器聽了聽麥提的心跳，說：「各位，請讓他休息吧。不然的話他可能會發燒，那時候他就會胡言亂語，你們什麼都問不到了。」

於是，他們給了麥提一杯牛奶，幫他脫下衣服，讓他躺在床上。麥提睡了一整天，然後在晚上十一點醒來。

◇◇◇

傳來了令人振奮的消息。

四艘裝滿了食物的船已經上路了。雖然逆流而上比較困難，但是兩天後船就會來到麥提所在的地方。一座醫院的人員已經要上路了，其中包括兩位醫生和十四位護士。跟著醫院一起來的還有無線電報機，這樣他們就可以直接從黑人孩子的紮營處拍電報給外界。如果麥提會負全責，保證這不是給白人的陷阱，他們也會送兩百個士兵和工人過來，聽他指揮。省長已經收到必要的指令了。

麥提必須寫一封信給白人孩子，請他們捐助物資：早餐、玩具、錢、圖書。

隔天，麥提就寫了信給孩子們：「親愛的白人兄弟姐妹們，現在是你們表現自己善良的大好時機。如果你們想要有權利，你們就得說服所有人，讓他們看到你們很有智慧，又有一副好心腸。不幸的黑人孩子們需要幫助，所以請你們讓大家看到，你們想要幫助他們。你們穿著漂亮的衣服，吃好吃的食物，你們可以玩耍、上學、澆花、吃塗滿蜂蜜的麵包，而黑人孩子們則死於疾病和飢餓。我說的是真的，我去了許多國家，參加過許多場戰爭，我看過許多不幸，但是那一切和軍營裡的黑人孩子比起來，都不算什麼。他們是最不幸的，因為除了又小又弱，他們還很野蠻原始，所以他們很難想辦法來拯救自己，請快點來幫助他們！」

船並不大，所以不能裝很多食物，但剛開始這樣就足夠了。

當麥提回到黑人孩子的身邊，他們的喜悅真是筆墨難以形容。士兵們很快地把船上的物資拿下來，然後船就立刻回航去載更多的物資。

麥提想要先把食物給最小的孩子們，但是克魯—克魯建議先讓大孩子吃飽，這樣他們就可以幫忙餵小孩子。牛奶和其他的食物都是罐裝的，他們只要燒熱水就好。孩子們吃的不是士兵的乾糧，而是美味可口的、白色的甜餅乾，因為他們的腸胃都很虛弱。黑人孩子們從來沒有吃過這麼豐富的早餐，但是他們對眼前的食物一點都不覺得驚訝，因為在他們眼中，船（他們也是第一次見到）、袋子和箱子，這一切都是奇蹟。他們用杯子、鐵盒和椰子殼喝牛奶，然後等著，看自己什麼時候會變得像牛奶一樣白。

所有的孩子都很守秩序，沒有人打架、推擠、罵人。

早餐持續了一整天。晚上，無線電報台已經準備好了，然後麥提拍了封電報，說黑人孩子們感謝大家送早餐給他們吃。夜晚，兩架飛機來到營地，裡面載著一位醫生和孩子們最需要的藥品。

兩個星期後，當紅十字會的重要人士們來到營地，他們不敢相信，黑人孩子們原本的處境真的那麼悲慘。但是當他們看到營地後方一排排的墓，就相信了。

而那些在麥提寫信呼籲後就立刻開始蒐集物資的白人孩子們，在隔天就看到了麥提國王發的感謝文。他們以為，他們的禮物這麼快就被送到黑人孩子手上了。於是，他們就更想要捐更多東西給黑人孩子。所以，情況就像平常一樣，有人會提供那些真正被需要的東西，有人則把自己不想要的、壞掉的、完全沒用的東西捐了出去。

白人孩子們寄來了沒有頭的娃娃玩偶、不能吹奏的口琴、已經寫滿的筆記本、斷掉的牙刷、缺了號碼的樂透遊戲、用粉紅色皺紋紙做的燈罩、書籤、溜冰鞋的皮帶、沒電的手電筒、破了洞的球、打槌球用的槌子、帽子的面紗、香菸盒。這些東西很難處理，但黑人孩子們很高興。

一個女孩寄來了一個盆栽，但是盆栽裡的花在路上枯萎了。一個男孩寄來了他所有的課本，在信上問，黑人孩子喜不喜歡學習？因為他不太喜歡。

現在營地裡不只有一間醫院，而是有三間。但是黑人孩子們恢復得很快，所以現在第一間醫院用來給孩子們洗澡、理髮，第二間醫院教孩子們刷牙、清鼻子。第三間是外科醫院，會幫女孩們穿耳洞，讓她們可以戴耳環。

孩子們獲得了白人國家的國旗。一個中學老師舉辦了第一場管樂音樂會，教孩子們跳歐洲的舞蹈。黑人孩子們開心得要命，一個月後，他們踢了第一場足球賽，而女孩們臉上都擦了粉，看起來就像真正的白人女孩。

食物已經足夠了。人們於是開始寄衣物來，首先來的是一整船的圍巾和手套，接下來是床罩和窗簾，最後才是襯衫。

有新的工作要做了。有了床罩，就需要做床，於是，人們用電鋸砍下了許多老棕櫚樹。圍巾被用來做給女孩們的圍裙，而窗簾則拿來當做給小小孩的蚊帳，這樣他們晚上睡覺時才不會被蚊蟲咬。

黑人母親們慢慢地把孩子們帶回家了。孩子們學會了文明的生活方式，開開心心地上路。

營地裡的孩子越少，前來拯救他們的白人們就越多。

「嗯，克魯—克魯。」麥提說：「事情就像妳所希望的一樣進行著。白人愛上了黑人，越來越多白人來到這裡，許多人說，他們要永遠留在這裡。明天，會有一艘船載著電影機和留聲機來，在每一間小屋裡都掛著白人國王的肖像。妳不覺得，現在連猴子都沒那麼野蠻了嗎？」

情況確實如麥提所說。大家都知道，猴子喜歡模仿，牠們看到什麼就會照著做。白人還沒來以前，猴子會在樹上跳來跳去，看食人族在做什麼。現在牠們膽子大了，會在營地爬來爬去，看白人在做什麼。

一個牙醫協會送來的牙醫說他可以發誓保證，他看到了一隻裝了兩顆金牙的人猿。

「而猴子偷了我的刮鬍刀。」一個婦女協會送來的理髮師說，他來此的任務是為了教導年輕人如何使用古龍水和梳子。

在很短的一段時間內，他們確實做了很多。

「克魯—克魯，妳開心嗎？」

「那你呢？麥提，你不開心嗎？」

麥提嘆了一口氣。他很高興，他成功地幫助了黑人孩子們，但是他難過他離開了無人島，還有——必須老實地說——他想念白人孩子們。

因為他現在一直一直都和黑人在一起，只有黑人。

國內的每間郵局都寄來了給他的信。這個人寫信，那個人也寫信，有人說他很高興麥提國王被找到了，很健康，而且還在工作。但是大家很快就問了下一個問題：

為什麼麥提國王不回到自己的同胞身邊？

伊蓮娜寫信來說，和天花板一樣高的娃娃破了。安托克說，他過得並不好。史塔修說他留級一年，因為數學老師給了他兩分，這一點都不公平。而在史塔修的信底下，海倫加了一句：「麥提，你還記得我們曾經為野蘑菇而吵架嗎？」

有什麼好說的呢？每個人都想和自己的同胞在一起。小野蠻人很可愛，麥提很高興他能救他們、幫助他們。但是現在，就讓克魯—克魯接手接下來的工作吧，因為現在工作已經比較簡單了，她自己一人沒問題的。而他，則想回家看看。

就算只有一天也好。他想要在自己的首都散散步，看看宮殿和御花園，他已經好久沒有看到這座城市了。

而且，他去歐洲也是為了黑人孩子。他要去和國王們開會，一起想想他們還可以為黑人們做些什麼，就讓上一次的戰爭成為最後一場戰爭。

他坐上了船，樂隊演奏歡送的音樂，孩子們站在河岸，搖晃著手中的旗子，唱歌、大叫：「萬歲！」不是用自己的語言，而是用麥提國家的語言。

麥提的航程很順利。他的房間很舒服，他睡在床上。但是，他的命運再次有了轉折。

他來到了一個港口。在軍艦再次啟程前，他在一間旅館住下。

「我還會再遇上什麼事？」他自問，彷彿知道，這還不是結束。

當天晚上，當兩個戴著面具的陌生人突然出現，用一塊布把他的嘴綁住，把他的眼睛矇住，只給他披上大衣，鞋子都沒給他穿就把他綁了出去，麥提一點都不驚訝。他們很快地就帶著麥提，駕車逃離旅館。

「一定是年輕的國王叫他們來綁架我。」麥提想：「我來到了他的國家。」

事情正如他所料。

7.

事情正如他所料。

年輕的國王被迫交出他從麥提那裡分到的土地，甚至港口他也沒能拿回來。而最令他痛苦的是，他還被迫把王位交還給父親。

如果有誰很生氣但很強壯，他就會去找人打架，愛幹嘛就幹嘛。但如果這個人很弱，然後在道理上又站不住腳，他就會來陰的。在每個學校都有一個「背地裡愛搞小動作的人」，而國王因為是國王，所以我們不叫他們「背地裡愛搞小動作的人」，而是叫他們陰謀家。

年輕的國王想用陰謀詭計誣陷麥提瘋了，但是這個計畫完全失敗了。現在全世界都看到，麥提是個勇敢的男孩，而且在無人島上他也增長了不少智慧。他完美地解決了危機，幫助了黑人孩子。電影院放映著，黑人孩子現在已經會刷牙、清洗鼻子，還會用手帕衛生紙。這就叫做文明，如果有人能教會黑人孩子這件事，他不可能是瘋子。

大人們也越來越常在說，要給孩子權利。有些學校成立了學生自治會，讓學生辦報紙。許多城市都有了兒童的俱樂部。老師們聚在一起討論，要怎麼讓學生安靜上課，但是又不必打孩子、捏他們的耳朵、叫他們去角落罰站。再一次，麥提的照片可以販賣了，而人們看到綠色的旗子只會大吼，但不會把拿著綠色旗子的人關起來。雖然不是每個人都很滿意目前的狀況，但也有人說，如果孩子們能有自己的國王，那也沒什麼不好呀。

在齊齊克這個城市，召開了一場全國學生的聚會，每個學校都派了一位代表來，而這次聚會，幾乎就像是兒童議會了。

年輕的國王發現，情況對他很不利。他已經不是國王了，而是王儲，他父親已經很老了，別人說什麼他都會同意。所以，他和其他的陰謀家聚在一起密謀，討論要如何對付麥提。王儲的陰謀團隊中有間諜、一個將軍、一個上校、一個典獄長、兩個律師、一個大臣的妻子還有幾個普通的惡棍。就是他們綁架了麥提，把他偽裝成別人來審判，然後把他送進了最艱苦的監獄。

因為監獄就像學校一樣，每間的環境和條件都不一樣，有些比較寬鬆，有些則比較嚴格。

麥提被送進去的監獄是一個很老舊的堡壘，只有罪大惡極的罪犯才會被送到那裡。那裡一年只能喝兩次咖啡，平常就只有水和黑麵包。犯人們沒有任何散步的時間，只能做粗重的工作，通常都在地下進行。工作時不能交談，只要有人說一個字，就要挨一棍子，十個字就是十棍，一百個字就是一百棍。

在地下的工作和挖礦差不多。犯人們會通過一個長長的走廊，把一籃又一籃的煤炭運上去。但是，當他們把煤炭從走廊的一端拿出去，另一邊的犯人馬上就得把煤炭從走廊的另一端拿下去。所以，犯人們也知道他們的工作根本就是白費力氣，於是做起來就更不愉快了。而獄卒會揮舞著皮鞭威脅他們，叫他們動作快。這沒什麼好奇怪的，因為會來到這裡的，都是已經在普通監獄三進三出的重刑犯。如果有人犯了罪，但想要改過向善，那還可以等他們變好。但如果有人一點都不想悔改，那就沒辦法了，一切都是他們自找的。

於是，麥提在這裡認識了世界上最糟的一群人。麥提不知道他們是犯了什麼罪才進來，因為他不被允許和他們說話，但只要看看他們可怕的臉，就可以猜到了。任何人換作是麥提，都會嚇得半死，但是麥提這輩子已經看過這麼多食人族，所以毫無畏懼地和他們一起下去做工。

這裡的獄卒拿到的薪水是普通獄卒的兩倍。要鎮住這些愛鬧事的傢伙並不容易，你得緊緊看住他們，而且和他們一起生活也令人不愉快。因為沒有很多人想來這裡當獄卒，所以大概超過一半的獄卒都是表現比較良好的犯人。而這些獄卒是最嚴厲的，因為他們了解犯人們會耍什麼把戲，任何小動作都逃不過他們的法眼。

麥提就這樣突然地，從有著綠色棕櫚樹和最美麗鳥兒的國度來到了這座監獄。這裡沒有一片葉子，只有黑色的煤灰。他以前吸的是海風和森林的香氣，現在則要在悶熱的地下工作，在石洞裡，在潮濕的磚塊上睡覺。他原本可以像克魯—克魯一樣靈巧地爬樹，現在則繫著沉重的手銬，一步一步地拖著腳步走。他耳中聽到的不是樹葉的沙沙聲和金絲雀的歌聲，而是皮鞭的呼嘯和最難聽的咒罵聲。他在島上可以吃香甜的香蕉和多汁的水果，而在這裡只有麵包和不新鮮的水。

當犯人們看到他，大家都非常驚訝。有個人忍不住問：「你殺了多少人，才會來到這裡？」

麥提本來想要回答，但另一個人大吼：「孩子，不要講話，你每講一個字就會挨一棍。」

「你少管閒事，挨幾棍死不了的。」

他們開始吵架，甚至開始打架。獄卒在黑板上寫下他們說了幾個字，但是很難算，所以就每個人隨便加幾個。而他也把麥提的名字寫了上去，雖然麥提沒有說話。

麥提扛著自己的籃子，覺得很奇怪，他的籃子怎麼這麼輕。原來是獄友們在他的籃子裡裝了比較輕的泥炭，只有在表面灑了一些煤炭的碎屑。

而在另一頭，其他的犯人在接過他的籃子、要把煤炭倒出來時，則假裝籃子很重。晚上，一個犯人把一個黑色的東西塞到他手裡，低聲說：「藏好了。」

「這是什麼？」麥提問。

「糖。」他神祕地微笑。

那是一小塊方糖，很髒，整個都變黑了。麥提知道他不會吃，但他會留下來當紀念。

晚上，當他站在辦公室前等著挨棍子，又有一個犯人把一個東西塞到他手裡：那是一朵乾掉的三葉草的花。麥提看了那東西很久，才想到那是什麼。監獄裡的犯人們同情他，於是都把自己私藏的珍寶拿出來給他。辦公室中傳來挨打的人的慘叫。最後，終於輪到麥提了。

「過來，你這個狗養的！」獄卒大吼，一把抓住麥提的領子，單手把他拎了起來，另一手則握著皮鞭。

他用力關上門，說：「當我說『大叫』，你就大叫：『喔！好痛！』懂嗎？我不會打你，但是記住，你不能背叛我。把衣服脫下來，快點。好，現在大叫！」

「喔，好痛！」

然後獄卒往椅子上甩了一鞭。

「可憐的孩子，你叫什麼名字？」

然後他往椅子上甩了一鞭。

「喔！好痛！」麥提大叫。「我叫麥提。喔！好痛！好痛！」

獄卒每在椅子上抽一鞭，就用紅色的顏料在麥提的背上畫一道傷痕，看起來彷彿是打出來的。

「喔！好痛！」麥提叫，因為獄卒又在椅子上抽了一鞭，又用紅色的顏料在麥提的背上畫了一道傷痕。

「現在叫小聲一點，彷彿你已經沒力氣叫了，然後你就假裝昏倒。你真走運，今天典獄長不在，因為這把戲不是每次都會成功。好啦，現在小聲點，現在閉上眼睛。」

他把假裝昏倒的麥提抱起來，抱回囚房。晚上，又有一個犯人來到了同一間囚房，他好像是生病了。再晚一點，典獄長就來查房了。

「這是誰？」

「這是新來的。」

「另一個為什麼在這裡？」

「他被打昏了。」

「給我看看！」

他們把麥提的襯衫脫下來，在昏暗的燈光中給典獄長看他的傷痕。

「沒關係，他會習慣的。你們可以把他的手銬拿下來，反正他也逃不走。」

典獄長哈哈大笑，然後就走了。

「欸，小子，」另一個犯人說：「別裝了，他們沒打你。」

「喔，好痛。」麥提說，他怕那個人是來套他的話。

「蠢蛋，你的傷痕是畫出來的。獄卒不准你說出來，但只有在典獄長面前才要那樣。如果上面說什麼都要照辦，這裡沒有人能活過一年。大家必須想辦法變通。比較虛弱的和生病的人，我們就會給他們比較輕的籃子，用紅色的顏料取代棍子。我們聽聲音就可以分辨出來，誰真的在喊叫，誰是裝的。你在這裡久了，就會知道更多祕密。說吧，你為什麼被關進來？」

「我犯了很重的罪。我想要給孩子們權利，這就是為什麼許多人被殺了。」

「幾個人？三個，四個？」

「超過一千個。」

「沒錯，沒錯，孩子，很多時候人想要做一件事，而結果卻和他想的完全不同。我也曾經是個小男孩，也去上學，也會禱告，而我父親下工的時候，會帶糖果回來給我。沒有人是帶著手銬出生的，只是後來人們把這鐵塊裝到你身上去。」

然後，彷彿是為了證明這句話，他晃了晃手中的鎖鏈。

麥提睡著前，最後的思緒是：「他說的話真奇怪。憂鬱的國王也說過類似的話。」

◇◇◇

麥提有個習性，只要能夠看到新東西，他在任何地方都不會覺得不好過。所以，雖然監獄很可怕，但他覺得在監獄的第一週過得很快。獄卒會對他吼「狗養的」然後用皮鞭威脅他，但是不會打他。他們把他的手銬拿了下來，麥提甚至因為自己是特例而覺得有點不好意思。他的獄友們看起來也沒那麼可怕了。如果有人罵髒話罵得太兇，旁邊馬上會有人提醒：「你有沒有羞恥心啊，旁邊有小孩，你嘴巴還那麼不乾不淨。」他們還會用麵包做成各種東西送給麥提。

「給你，小可憐，拿去玩。」

要用麵包來做玩具，你得把麵包放在嘴巴裡嚼很久，直到沒有一點麵包屑，那時候你就可以把麵團捏成任何你想要的樣子。犯人們最常捏的是花。為了感謝他們，麥提把星期天會得到的香菸分給大家。而這一切都是祕密進行的，很美好，因為他們什麼都不說，但麥提知道，他們喜歡他。

「可憐的人們。」麥提想：「他們雖然是白人，但過得和食人族沒有兩樣。」

他們打起架來也很奇怪。他們會打得很兇，會流血，但在這之中沒有任何憤怒，彷彿他們是因為無聊或想望而打架。

「我們都被同一個命運擊打。」麥提有一次聽到有人這麼說。

麥提躺在床墊上，想了很久，什麼是命運。

一個星期後，他們給他換了一間更好的牢房，因為在裡面有火爐，不會這麼冷。你也許會覺得好笑，這些火爐從來就沒有生過火，怎麼可能會更暖和呢？但確實會比較愉快，當你站在角落，你會抱著一線希望：也許他們會生火？有些犯人會偷煤炭。如果他們成功蒐集到一把煤炭（要花兩個月的時間），他們就會用火柴點火（星期天的時候，每個人會得到十根菸和七根火柴），燒這些煤炭。

星期天，大家有交談二十分鐘的自由。那時候犯人們最主要在談咖啡。

「今年每個人好像可以得到三顆糖。」

「我在這裡待了十年啦，他們每一年都這麼說。也許他們應該要給的，但是自己吃掉了，這些狗養的。」

「混帳，今天是星期天，你還罵髒話。」

「我忘了。」

「那就記清楚，你這狗養的。」

之後，典獄長去首都出公差一個星期。一切彷彿沒什麼改變，但大家都很開心。

「典獄長走了。」

所以怎麼樣？他們還是要扛著裝了煤炭的籃子，他們手上的鎖鏈發出叮噹聲，鞭子依然在呼嘯，他們仍舊不能交談，甚至每天晚上還是有人被叫進辦公室挨棍子，但是整體的氛圍好像比較輕鬆了，麥提心中也燃起了希望。

傍晚時，獄卒又對麥提大吼。

「你以為你比大家好嗎？你還以為你是個孩子？這裡沒有孩子，只有罪犯。他們給你拿下了手銬，你這個狗養的就以為自己是貴族啦？給我到辦公室去！」

然後，麥提又在辦公室大叫：「喔，我再也不敢了！喔，好痛！好痛！」然後椅子又挨了打，發出響亮的聲音，獄卒又用紅色的顏料在他身上畫了傷痕，但是這一次，獄卒沒有把他帶回牢房，而是帶到自己的房間。

「聽著，小子，但是別給我撒謊，你真的是國王嗎？」

「我是。」

「對我來說都沒差。我現在和你說這些不是因為你是國王，而是你長得像我死去的兒子。他是我在這狗屁人生中唯一的幸福，而神把他從我身邊帶走了，之後所有的壞事都發生了。所以給我滾吧，要不然，你就……」

他習慣地往空中揮了一鞭。

「要不然，你就得知道，每個在這裡待了一年的人都會得肺結核，兩年後就會翹辮子，很少有人活過五年，而活過十年的，我們之中只有六個人。而這六個人都是長得像橡樹一樣的大漢，而不是像你這樣的弱雞。所以，你這狗養的，快給我滾吧，我以一個父親的身分對你說——當你自由了，就在外頭為我那孩子的靈魂禱告吧，因為在苦勞營中的禱告，連神也不會喜歡的。」

他從衣櫃中拿出了他死去獨子的衣服，在麥提穿上它之前，他親吻了衣服三次。

「狗養的，他的眼睛就像你的，他的臉也像你的一樣可愛。」

然後他哭了出來。

麥提自己也不知道，他是否應該為即將自由而高興。他不知道要說什麼、做什麼才好。

他覺得很奇怪，自己彷彿是被趕出去的。他用雙手抱住了獄卒的脖子。

「快滾。」獄卒把他推開，然後狠狠往椅子上敲了一鞭，椅子發出一聲巨響。

但是離開牢房容易，要逃出堡壘卻難。堡壘被高牆和壕溝環繞，還有三個守衛在看守。獄卒讓麥提在一個小房間裡躲了一個星期，在木板下，在以前軍隊操場的旁邊。之後，麥提又在監獄圍牆的瞭望台躲了四天，那幾晚剛好有月亮，沒辦法逃出去。

所以，麥提有機會得知後來發生的事。

獄卒向辦公室報告，麥提被皮鞭打死了。

「幹嘛要打這麼用力？」軍醫不高興地說：「如果法官來查怎麼辦？」

「鬼才知道那小子這麼脆弱啊。」

「所以你應該來問我啊。你不知道，因為你不是醫生。如果有個讀過書的人被放在這裡，就是為了要給其他人建議。」

「我第一次遇到犯人是小孩子。」

「所以你更應該來問我要怎麼打他。」

「典獄長看了他的傷痕，也沒說什麼。」

「因為典獄長沒學過醫。他的工作是維持秩序，而要為犯人的生死及健康對國王和同事負責的人可是我啊。沒錯，親愛的，我在卡普斯特教授那裏學過醫，他是衛生部長。他的頭就像膝蓋一樣禿，而他會禿頭是因為他很有智慧。我的同事維爾赫和簡內還有人為他們立雕像呢，而我有什麼？說到打人，每個人都愛怎麼打就怎麼打。但是誰要來煩惱怎麼收拾爛攤子？誰要弄出一份看起來還過得去的文件？」

軍醫給自己倒了一杯精餾伏特加，一口飲盡，吐了一口氣，然後寫：「X月X日，我看到了犯人……」

獄卒說了麥提在監獄裡登記的假名。

「……我看到了犯人XXX的屍體。犯人身高一百三十公分，年齡十一歲。我在皮膚上或骨頭上都沒找到任何被毆打的痕跡，也沒看到瘀血。他的皮膚很光滑緊緻，所以他在監獄裡吃得很好。肺部是黑色的，犯人應該抽了許多香菸。他的心臟也變形了，是因為喝了太多伏特加。犯人的死因是在太年輕時就抽菸喝酒。我在他身上看到了酒鬼的心臟、肝臟，所有的跡象都顯示出他是一個酒鬼，一切都符合維爾赫和簡內的研究。死去的犯人打了三次天花疫苗，也吃了監獄藥局提供的各種藥物，但是我依然無法救他。」

軍醫又喝了一杯精餾伏特加，在文件上簽了名，蓋了兩個章，一個是診所的章，一個是衛生部的章。

「好啦，拿去。下一次你要是再不問，又把人打死，我就在上面寫：『被打死。』你就等著吃牢飯，懂了沒？」

「懂了，教授。」

「好了，好了，你也喝一點吧。」

「謝謝教授。」

「我不是教授，只是普通的軍醫。但是我也在教授那裡上過課的。我畢業證書上有兩個優：解剖和化學。我用顯微鏡觀察過水和空氣。給我考試的是衛生部長本人，他的頭就像膝蓋一樣禿。」

麥提讀了那份死亡證明，因為獄卒拿到瞭望台來給他看。

「讀吧，麥提。如果你再次當上國王，你至少會知道，監獄裡的人過得有多糟。我們確實不是最好的，但即使是最糟的人，也有權獲得正義。」

麥提待在瞭望台的那四天，他什麼都不能做，只能縮在角落聽風呼嘯過窗口。麥提把瞭望台和無人島的孤塔拿來比較，然後想著，這兩者有什麼相似之處。

第五天，典獄長回來了。他把所有的犯人召集起來，對他們大吼：「如果有人來問你們，在你們之中有沒有過一個小犯人，一個男孩，你們要說沒有，懂了沒？如果有人說有，那就要挨兩百鞭。如果你們說沒有，那到復活節喝咖啡時，每個人可以有四塊糖，懂了沒？我不想騙你們，那個小犯人是非正式來到這裡的，但是我們已經把他送到別的監獄了，所以我命令你們把他來過這裡這件事忘掉，永永遠遠地忘掉，懂了沒？要嘛就兩百鞭，要嘛就四顆糖。」

「我們當然懂。只是如果可以喝上一杯，就會忘得更快。」監獄裡最老的犯人代表大家發言。

「好啦，你們每個人都可以喝一杯伏特加。」

麥提在瞭望台裡雀躍無比。他很高興，因為他的緣故，這些可憐人有了小確幸：每個人都可以喝上一杯伏特加。

◇◇◇

我忘了告訴你們，麥提被綁架後，國際上爆發了一場巨大的醜聞。

「有什麼好多說的。」國王們說：「就是王儲綁走了麥提。」

王儲假裝受到了侮辱。

「如果是我綁走他的，那你們就去把他找出來啊。確實，我不喜歡麥提。但是不喜歡他的只有我一個嗎？有多少黑人因他而死？也不是每個白人國王都喜歡他。歐瑞斯特生麥提的氣，帕夫努斯皇帝也受不了麥提，因為從福卡法島回來後他的健康狀況一直不佳，他睡不好，常常頭痛又這裡痛那裡痛。」

但是年輕的王儲知道，他們會去找麥提。雖然麥提被關在監獄裡，但是他們可能會找到他。所以當他知道麥提的死訊，他很高興。現在他至少不用擔心麥提被找到了。

在此同時，國王們也得知，載著麥提的車去了哪裡。他們問了旅館的主人、駕船的漁夫、港口的工人和水手。

有個女人看到了汽車，它往右轉了。車子在某處停了下來，因為輪胎爆了。他們在那裡吃早餐，一個小男孩往車子裡看，但是立刻就被趕開了，他不知道車子裡有沒有人。最後，他們終於找到了線索，得知麥提是在哪裡下車，然後又上了什麼船，但僅只如此。他們能真正得知事情的來龍去脈，要感謝一件單純的意外。

很多時候就是這樣子：你掉了什麼東西，然後你找啊找的，一直找不到。突然——你甚至忘了這件事——東西就找到了。

所以事情是這樣的：一個律師想要寫一本關於全世界監獄的學術著作。他想要調查每個國家有幾間監獄、裡面的犯人是為什麼被關進去、要被關多久、他們有沒有改過向善、他們有沒有被好好對待、有沒有死在監獄。當有人想寫學術著作，通常大家都會幫助他。所以，這個律師十年來在全世界遊歷，各國的監獄都允許他調閱文件。現在，他來到了王儲的首都。

律師是個很安靜的人，身上沾滿了舊文件的灰塵（他整天都在讀它們），他很有禮貌，總是在問他有沒有打擾到別人，總是在道謝，總是一直坐在那邊抄抄寫寫、算算數。他讀了太多文件，眼鏡度數很深，戴著厚厚的鏡片，根本認不出眼前的人是誰。他對旅館的僕人說：「主任。」而遇到部門主任，他則想給對方小費，因為他以為那是旅館的僕人。人們好心給了他茶，因為他從早到晚都沒有吃東西，他卻把鋼筆泡在茶裡，以為那是墨水瓶。公務員們嘲笑他，開他的玩笑。

「笨蛋，他真的以為從文件上可以讀出什麼東西來呀？文件裡當然所有東西都是符合規定的。」

律師對他人的嘲笑一無所知，只是埋頭工作。

「不好意思，我有沒有打擾到您？因為我還沒有讀過醫生開的證明。不好意思，也許您現在沒有時間？」

「沒關係。欸，書記，從第十四號櫃子拿一疊文件出來給律師，那些沾滿灰塵的。」

「非常感謝，沾滿灰塵不是問題。」

書記已經感到有點無聊了，於是把一疊泛黃的文件砰的一聲丟到律師面前。律師打了兩個噴嚏。

「典獄長，真感謝您。」

但是在監獄部門裡有一個女公務員，她新買了一件襯衫，她很不高興，怕四處飄揚的灰塵會把她的衣服弄髒。於是她拿出最近一個星期的新文件，說：「請您讀這些吧，它們至少比較乾淨。這樣您就可以知道現在發生了什麼事，而不是一百年前。」

「謝謝您。當然，這很重要，這很重要。真的很感謝您，不好意思麻煩您，謝謝。」

而在那疊文件的最上方，就躺著麥提的死亡證明。

「犯人身高一百三十公分，年齡十一歲。（……）犯人的死因是在太年輕時就抽菸喝酒。」

老律師有一個兒子，也是律師。他寫了一封信給兒子，說他找到一份很有趣的文件，在關著重刑犯的監獄裡死了一個那麼年經的犯人。

「親愛的兒子，我很高興我可以把這有趣的細節寫進我的書裡。」

律師的兒子讀到信，腦中靈光一閃：這該不會就是麥提吧？該怎麼辦？他不太想出遠門，但是他決定上路。

「若是成功，我就會是世界上最有名的律師了。」

老律師把這份文件一字不漏地抄了下來，而兒子則把文件在報紙上公開。原本老律師的書要十年後才寫好，而報紙立刻就在一天內把消息昭告天下了。

我沒辦法花太多篇幅描述細節，所以我只講重點。年輕的王儲竭盡所能為自己辯護，他想要給大家看文件，但是不想讓任何人進去監獄。但是沒有辦法，老國王自己簽了批准，讓大家進去。

軍醫對此支支吾吾，犯人顧左右而言他，典獄長言詞閃爍。看得出來，一定有鬼。最後真相水落石出了，但不是全部的真相。世界得知，麥提已不在人世。這不是全部的真相，說得更精確點，沒有人能掌握全部的真相。每個人都知道一點點，不知道的就用腦補的。

所以事情是這樣的：大家都很尊敬老國王，不想讓他難堪。所以年輕的王儲和這件事有牽扯，但其實不是年輕的王儲幹的，是他的將軍。麥提在無人島上的健康狀況就已經很差了，之後他又為了黑人孩子的事疲於奔命，還在營地裡染上了病。麥提不是死在監獄，而是死在離監獄不遠處的醫院。犯人們把麥提和一個工人的兒子搞混了（那個工人是被叫來整修典獄長的家），麥提是有去過監獄，但只有在那裡待一天。

那個將軍會受到懲罰，雖然那也不是他的錯。整件事完全是一場誤會。年輕的王儲拍了電報給他，要他「移除障礙」，而將軍會錯了意，以為國王的意思是要他綁架麥提。

所以，最該怪的人是那個電報員，因為他沒有在該加逗點的地方加逗點。

各家報紙眾說紛紜，彼此爭吵。

「這是一場犯罪，還是不幸事件？」世界上最大的報紙說：「我們面對著令人痛苦的祕密。我們全心全意渴望相信：改革者麥提國王一世是自然死亡的，而不是被殺。這位小國王，殉道者，第一位兒童的國王，勇敢的騎士，黑人的守護者，雖然他如此偉大，但也是血肉之軀。他充滿大風大浪的一生可能損傷了他的健康，他就像巨大的星星般閃爍光芒——然後殞落。我們感到悲痛而且遺憾，默默流淚，憂傷嘆息。但如果他是被人謀害的，那我們會受到更沉痛的打擊。」

另一家報紙寫：「麥提是怎麼死的有差嗎？我們可以肯定的是：麥提死了。在我們還未確定他的生死之前，所有的一切都很重要，所有的新消息都會燃起我們的希望或懷疑。」

又有一家報紙寫：「就讓麥提安息吧。這位勇敢的戰士、完美的騎士、沙漠之鷹和沙漠之獅，終於和這個不歡迎他的世界道別了。」

還有一家報紙寫：「孤兒國王。讓我們記住，在金冠之下，是一顆孤兒的腦袋。在紫色的王袍之下，跳著孤兒憂愁的心。」

人們原諒了麥提的一切所作所為。當有一家報紙出聲批評，說麥提在政治上有時候會犯錯，大家馬上就群起圍剿主編，嚇得他一個星期不敢上街、不敢去劇院，就怕有人打他。

學校裡，學生被允許募資來蓋麥提的雕像。

他的首都收到了一萬七千封電報，上面寫：「我們向貴國致哀。在這不幸的事件當中，就讓你們為一件事感到驕傲吧：你們曾經有過這樣一位國王，你們的國王贏得了最大的勝利：他征服了全世界的心。」

有人——但我不記得是誰——寫說，為了向麥提致敬，我們應該實踐他的改革，讓孩子們擁有某一項麥提在生前為他們爭取的權利。人們說，這樣很蠢啊，如果我們照麥提的意思去做，孩子們就會很開心，這樣看起來就好像孩子們為麥提死去而高興，這樣很難看。

孩子們應該憂鬱，因為他們的守護者不在了。而人們讚揚麥提，不是因為他想要給孩子權利，而是因為他是個偉大的改革者。

麥提走在黑暗的道路上，往自己的祖國走去。他心裡沒有一點喜悅，腦中不斷縈繞著一個想法：現在連監獄也不要他了。

他原本有住的地方，有麵包可以吃，為什麼獄卒可憐了他，把他趕了出來？他在那裡的生活是很苦沒錯，但是思考下一步要怎麼走，並不會比扛煤炭容易啊？不管怎樣他都必須工作，因為他不想白吃白喝，雖然人們也會給他。他必須隱瞞自己的身分，因為他不能老是和人打仗。他停下來，在日記中寫：「人生就像是監獄。」

這時，他聽到了夜鶯的歌聲，彷彿是在回應他。他停下來，靠著籬笆聆聽。

為什麼人們不像鳥？

他來到一間酒館，吃了一點東西。他打算接下來用走的，他的錢夠路上用，他不想坐火車，他覺得，他好像就是應該用走的回到自己的國家。走路時思路也比較清晰，或許那是因為他腦中的蜜蜂那時都在搖晃，飛得比較快。

他經過一個小鎮，在當地的報紙上得知了自己的死訊。還好，至少這樣子他們就不會來找他了。

他在路上遇到一些人，他們會或遠或近地載他一程，他們問他話，他就隨意應答。他們知道他來自遠方，麥提已經對一直撒謊感到無聊了。

「我是個孤兒，我要回這裡。」

碰到其他的問題，他就回：「說來話長。」

這時，即使是最好奇的人也會停止追問了。

終於，他來到了他曾經統御的故土。他跪了下來，親吻土地，彷彿在和土地說嗨，或是在向它道歉。

邊境首衛把他攔了下來。

「你從哪裡來？」

「從國外來。」

「你要去哪？」

「回家。」

「你家在哪？」

「我家在哪？我不知道。」

「你有文件嗎？」

麥提想起，離開監獄時，獄卒給了他一份偽造的文件，他把文件拿了出來。「你是獄卒的兒子？」

「不。」麥提微笑著說：「我是國王的兒子。」

「哈哈！那你真是個貴族啊！好啦，快走。」

他不相信，反正麥提也不在乎。他很累了，他腦中的蜜蜂什麼都沒跟他說，他往首都走去，但是腳步越來越慢。他很累，很餓，身上已經一毛錢都沒有。他所有的財產就只剩下母親的照片——而且照片也那麼破舊了，只有麥提才認得出照片上的顏色——還有小貝殼、小石頭、一塊黑漆漆的糖、一小段鉛筆和一本日記簿。

麥提去了農場工作。

他現在的名字是馬欽，他負責養兩頭牛。牛是很安靜的生物，牠們喜歡他。

人們也喜歡他。他很安靜、聽話、工作勤奮，但他很憂鬱。而他看起來最憂鬱的時候，就是他笑的時候。

「這孩子就是得如此，他經歷過可怕的貧窮，你看他的眼睛就知道了。」

陰冷的早晨，麥提也在農場裡看牛。不管是下雨、下冰雹、熱到嘴乾，麥提都彷彿沒注意到，依舊照常工作。

他從來沒有一次像其他的男孩，偷溜去森林裡採野草莓、黑莓、藍莓。他也沒有一次讓牛受傷、生病。

農場主人自己也看得出麥提的價值。有一次，村子裡爆發了怪病，不是很嚴重，但會讓得病的人發燒、打兩天冷顫、四肢疼痛、不斷呻吟、頭暈腦脹、咳得彷彿胸口要撕裂，然後會變得很虛弱，走都走不動。

一個男孩得了這病，一個星期都躺在床上下不來，另一個人更久。在整個村子之中，大概只有麥提躺不到一天就起來了。他樂意幫每個人代班，什麼都會，任何事對他來說都不難。

農民很尊敬身體健康的人。

「他看起來是個好人家的孩子，弱不禁風，但其實很強壯。」

大家都喜歡馬欽。

「你冬天也留下來吧。」

「我會留下來。」

他很少和農場的其他男孩們交談，因為男孩們就是那個樣子，他們會說：「你是誰？你從哪來的？你發生了什麼事？」或說：「這傢伙好驕傲，都不和我們說話。」

他們試圖拉麥提一起去做壞事。

「來啊，蠢蛋，一起去摘梨子，園丁剛好不在。」

「我不去。」

「你怕了？」

「我不怕，我只是不想去。」

男孩們於是把牛留給麥提，他們知道他會幫忙照顧，就給他一點東西當報酬吧。

「梨子給你。」

「謝謝。」

「你說謝謝卻不拿，你為什麼不要？」

「是偷來的。」

如果他不拿，就表示他會去告狀。

但是他也沒告狀。

「混小子，是你摘了我的梨子嗎？」

「我沒摘。」

「你知道是誰摘的嗎？」

「我也許知道，但我不會說。」

「你還真會耍花招！農夫，請你看好這個流浪兒，小心他惦惦呷三碗公。」

然後他重重摔上門出去了。

「您會要我走嗎？」麥提問農夫。

「你在這裡過得不好嗎？」

「過得好，但是園丁生我的氣。」

「因為你很頑固啊，你應該告訴他你看到的。」

麥提憂鬱地微笑了。難道他要告訴園丁，他所看到的嗎？

冬天來了。

「我可以去上學嗎？」

「如果他們讓你去，你就去吧，現在農場裡的工作很少。」

麥提於是去了學校。

「那個棄兒來了。」

麥提不懂學校的規則，他和男孩們一起進教室，在長椅上選了個位置坐下。

「這是我的位置，我一直都坐在這裡。」

每去一個地方，孩子就會把他趕走，大家都覺得他很好笑。

「老師要你來我們班嗎？」

「什麼老師？」

他站在牆邊，而孩子們站在他周圍。

「喔，真是個蠢蛋。就讓他站著吧，看老師怎麼說。」

鐘響了。孩子們坐在椅子上，靜靜等待。

老師進來了。

「你是誰？」

「我叫馬欽。」

「你想要什麼？」

「我想上學。」

大家都哈哈大笑，老師於是生氣了。

「是誰把他帶來的？」

「沒有人，是他自己跑來的，他夏天在農場放牛。」

「還偷了梨子。」

「他是棄兒。」

「流浪兒。」

「環遊世界的旅行家。」

麥提什麼也沒說，彷彿他們說的不是他。「環遊世界的旅行家」，沒錯啊，他確實走過了大半個世界。

那些孩子們在大吼大叫，而老師盯著馬欽看，彷彿想要想起，他長得像誰。

「馬欽，你認識我嗎？」

「我第一次見到您。」

「但我覺得我在哪裡看過你。」

「老師，因為他到處流浪啊。」

「老師，他是狼人。」

所有人又哈哈大笑。然後，在隔壁教室上課的校長就衝進了教室。

「這邊是在吵什麼！」

他擰起第一排兩個學生的耳朵，把他們趕出教室。

「老師，您這裡這麼吵，我連課都沒辦法上，學生不應該在學校大吼大叫。」

他揮了揮手中的尺，走了出去。

女老師覺得很羞恥，看起來彷彿快哭了。

「馬欽，去第一排坐下吧，你們給他一本書。你會閱讀嗎？」

「我會。」

孩子們把書拿反的給他，好讓他出醜，麥提流利地朗讀。

「現在用自己的話講一遍。」

麥提講了一遍，沒有遺漏任何細節。

「你學過歷史嗎？」

「學過一點。」

「你聽說過勝利者帕威爾嗎？」

「聽過。」

他開始說關於勝利者帕威爾的事，說得比書上寫的還多。

「現在去黑板解算術習題。」

麥提拿起粉筆，但他不會解。

「你會說外國的語言嗎？」

現在孩子們已經不笑了，而是驚訝、好奇地看著麥提。但是孩子們最安靜的時候，是當老師問起他地理。

「也許你可以告訴我們熱帶有哪些動物和植物？」

麥提望向窗外，然後彷彿像是在眼前看到所有的一切，他開始說棕櫚樹長什麼樣子，熱帶有哪些蔓藤，無花果的果實長這樣，椰棗的種籽長那樣。香蕉很美味可口，椰子有多少種類。犀牛長這樣，喔，大概這麼高，這是比較小的，比較老的還會長更大。

麥提還說了關於獅子、老虎、鬣狗、豹子、大象、鱷魚、猴子、鸚鵡和金絲雀的事。

「他一定親眼見過。」孩子們說：「你光是看書沒辦法這樣說的。」

◇◇◇

馬欽先暫時留在女老師那裡，等他學會了數學，他就會到比較高的年級。

女老師對麥提—馬欽很好，但是男孩們會找他麻煩。他們用各種方式試探他，有人會說一些話想逗他笑，有人試著推他，看他會不會打架。有人想和他做朋友，只為了從他口中套出他是誰、打哪來的。他們想看看，他會不會生氣，也許等他和他們混熟了，他就會放開來，和他們一起鬧。

「不要怕，我們老師不會對你怎麼樣。隔壁班老師就是另一回事了，但是我們老師人很——好。」

「很——好。」他們把這個字拉長了尾音講，彷彿在開玩笑。

他們等著，漸漸失去了耐心，而在一次和一次的試探之間，總會有人說：「流浪兒。」有人說：「惦惦呷三碗公。」有人說：「偽君子。」有人說：「馬屁精。」有人說：「娘娘腔。」

麥提想起了籠子裡的金絲雀，和無人島上那些自由自在的金絲雀。

那時候情況也是一樣。

女老師注意到了孩子們會找麥提的麻煩，但是她覺得，他們會習慣他的。直到有一次有個男孩故意把墨水潑到麥提的筆記本上，這實在是太過分了。

「你們真是可惡！」女老師大吼，她的臉從來都沒有氣得這麼紅過。「你們想要從他身上得到什麼？就因為他會得比你們多，比你們好，你們就嫉妒他？」

「我們有什麼好嫉妒的？要嫉妒他的鞋子有破洞嗎？」一個富有農人的兒子說，他很為自己的新帽子感到驕傲。

這人很喜歡反抗，是個懶惰鬼，但很強壯，所以雖然孩子們不喜歡他，卻都怕他。

「老師您對他這麼好，彷彿他是您的未婚夫。而你，你看什麼看？」

「因為我有眼睛。」麥提說，微微地紅了臉。

「而我不想要你看我。」

他從椅子上站起來，走近麥提，麥提也站了起來，瞇起了眼。

「不准瞇眼，你聽懂沒？」

麥提想起了在無人島上和菲力浦打的那一架。那時候他也感覺到，在心裡、腦袋裡、手上彷彿有某種東西在沸騰。

「怎樣，你還在看什麼？」

「因為我有眼睛。」麥提說，把手放在桌上，放在墨水瓶旁邊。

「你想打架嗎？」

「我不想。」

「你想被打得滿地找牙嗎？」

「我不想。」

「我要打得你滿地找牙。」

「我不會讓你打。」

老師跑過來想要幫忙，但是太遲了。

麥提很久沒有理髮了，所以他的頭髮很長。男孩抓住麥提的頭髮，用力地往他胸口打了一拳。然後又抓著他的頭去撞桌子。

「打起來了，打起來了！」全班大叫。

大家都跑過來看，隔壁班的男老師也跑來看，他氣得七竅生煙，而他最氣的，就是女老師。

「成何體統！真是令人無法忍受。班上應該很安靜，老師您竟然允許他們在上課時間打架，您對他們太寬容了。我自己班上的問題都解決不完，我竟然還要來管您班上的學生。」

麥提仔細聆聽男老師的話，皺起了眉頭，把手背在身後。他決定，他必須幫助老師。

大家安靜了下來。鐘響後，就是放學時間了，麥提到辦公室去找老師。

「老師。」

「馬欽，你想要什麼？」

「老師，您要不就讓我試試看，要不我就不會來學校了。您因為我，而有了許多麻煩。」

「但是你要試什麼？」

「我還不知道。」

男老師走了進來，說：「你在這裡做什麼？你不知道學生不能進辦公室嗎？」

麥提走了出去。

「這孩子不是普通人。」女老師說。

「您班上都不是普通人啊。」男老師打趣：「一個是天才畫家，一個是天才數學家，而所有人加起來則是被寵壞的天才搗蛋鬼，他們今年已經打破兩扇玻璃了。」

麥提背著手走回家，從學校到家有兩俄里路，他有時間好好想想。那個很會畫畫的人追上了他。

「你別擔心。」他說：「他們會收手的，他們一開始也那樣整我。」

「為什麼？」

「他們見不得別人比他們好。」

「為什麼？」

「也許是因為嫉妒。不是所有人都如此，只是有幾個人帶頭，然後其他人就跟著這麼做。嘿，你知道嗎？我來給你畫張像。你想不想？給你畫什麼？你那時候說了那麼多關於野蠻國家的事，如果你再說一次，我就會給你畫無人島上的麥提。」

他們彼此對望。

「可是麥提死了。」

「死了又怎樣？死了也可以畫啊。你家主人會讓我晚上去你家嗎？」

「我問問看，他們應該會說好。他們是好人，他們給我買了書和別的東西，也許他們也會給我買鞋子。」

「那人真是頭豬。他有了新帽子，卻去嘲笑別人的鞋子有破洞。還好你沒和他打起來，他父親很有錢，這就是為什麼他能夠為所欲為，因為他知道他父親和男老師關係很好。但是我們會去好好打他一頓，讓他記取教訓，不是在學校，但我們會在路上堵他。記得我說的關於圖畫的事。」

「謝謝。」

麥提走著，腦中的思緒卻沒有停下。大雪紛飛，但是雪越多，麥提腦中的蜜蜂就飛得更有活力。

「我曾經是國王。」麥提想：「我統治整個國家，但我現在卻連一個班級都治理不好。我以前在國會發言都不會不好意思，而現在我卻不好意思和孩子們交談。我明白了，為什麼法蘭克不想要和他們起衝突。因為找麻煩和嘲笑是最糟糕的。但是他們會說什麼？還不又是老套：『流浪兒，鞋子破了洞。』就讓他們說吧，只要有一個人開始，其他人就會照做。」

第二天，麥提已經想好了計畫。

他在第一堂課就站了起來，說他有話想說。好吧，那就讓他說。麥提於是開始說：「我是一個穿著破爛鞋子的棄兒、流浪兒。如果你們不希望我來和你們一起上學，我可以不來。因為我為什麼要讓老師為了我而難過？我們來投票吧，如果不想要我來的人比較多，那我就不會來。如果一個人不想要我來，而大部分人想要我來，那個人就得服從多數人的意見。你們別以為我害怕，如果有人想打架，我們可以打，只是不要在學校。我們可以約好，在有證人在場的時候打。男老師打人，所以大家不聽他的話。我覺得，如果要不打人，就得多聽別人的話。只要孩子們不停止打架，他們就沒有權利要求大人不打他們。只要孩子們不停止打架和互相丟石頭，這世上就得有戰爭，有戰爭就會有孤兒，因為父親們都在戰場上被殺了。我知道，有時候我們可以吵架，但必須坐下來好好討論誰對誰錯，不需要一開始就打架。」

麥提在說話時，三不五時有人插嘴：「喔喔喔，很會說話嘛。」

「他在給我們上課喔？」

「棄兒想當我們的教授。」

「瘋子。」

「就讓他走。」

當麥提說完，請大家舉手表決，超過一半的人都舉起了手，表示不希望麥提留下來。

麥提說：「你們別以為我沒聽到你們在底下講話，但是我不會小題大作。我站了起來，大聲說話，而那些人知道他們沒有道理，所以只敢小聲偷偷說。因為他們是膽小鬼，沒有任何話好說。所以，如果有人不希望我來上學，請把手舉起來。」

孩子們再次舉起了手。老師想要說些什麼，想要讓他留下，但是麥提已經收好了書本、筆記本，很快地離去了。

在路上，一個男孩追上了他，叫他回去，因為這整件事是一場誤會，許多人沒有弄明白。他也舉起了手，但那是因為他以為要舉手，麥提才會留下。

「你會看到的，他們不會再來找你麻煩了。我們知道是誰反對你，試試看嘛，這又不會有什麼壞處。回來吧，馬欽。你自己現在也看到了，你有多驕傲。我明明說這是一場誤會啊，而你卻什麼都不說，你看看你這個樣子。」

麥提好像聽到了同學說的話，又好像沒聽到。他對女老師感到可惜，對學校感到可惜，但是有什麼辦法。如果連關重刑犯的監獄都不要他了，學校又怎麼可能要他呢？事情很明顯啊：麥提死了。所以他為什麼在人群之間流浪？他在香腸商人那裡過得那麼好，他在無人島上過得那麼好，監獄的犯人都對他那麼好，他如果去康帕涅拉女王那裡，也會過得很好。而現在他過得很糟，他覺得好遺憾，心中充滿憂鬱。

麥提回到了家。

「他們把我從學校趕了出來。」

他從角落拿出藏在那裡的日記本，在上面寫：「『人生很苦。』華倫庭這麼說過。我那時不明白他的意思，現在我明白了。」

◊ ◊ ◊

真是一場騷動，而且還不小呢！彷彿麥提身上有某種東西，只要是他所到之處，就會有混亂。他當國王的時候發生什麼事，大家都知道了。不管他是在黑人、白人、國王、大人還是小孩之間，總會有事情發生，原本的秩序改變了，好像是人們閉著的雙眼突然打開了。

原本平靜的小村莊，現在就像蜂巢一樣轟隆隆的。人們分成兩派：反對馬欽的和支持馬欽的。

「那個流浪兒在班上說，不需要聽老師的話，因為老師會打人。他說，他會把那些穿著好鞋子、新帽子的人打得滿地找牙。而女老師竟然說，要請他回來上學。有人的鋼筆不見了，一定是他偷的，所以他假裝生氣，因為他怕被處罰。」

消息從孩子那裡傳到大人耳中，有些人贊同男老師，有些人贊同女老師。

照顧麥提的農場主人們站在麥提這邊，他們說：「他很安靜、聽話、工作勤奮，講起話來就像大人一樣，馬欽是對的，沒什麼好多說。」

「喝，你們還以為你們很好心啊。你們只是會說漂亮話，但是連鞋子都不買給他。他的衣服都破破爛爛的，當然會嫉妒農場主人的兒子有新帽子。」

人們開始互相指責，數落對方的不是，說這個人是酒鬼，那個人是懶鬼，另外一個人在法庭上作偽證。

「有其父必有其子。」

但是也有人說，如果沒有學校更好。

「十二使徒也沒有上學，他們還不是聖人？」

「上學只會讓孩子被寵壞，不想工作。」

「這些孩子一點都不尊重老人，也不聽大農場主人的話。」

人們就這樣翻來覆去地吵了一個星期，直到麥提回到學校。他還是在學數學，但是他不急著要到高年級去了。他回來後沒有更謙卑，也沒有更驕傲，而是像原來一樣。只是，現在他不是自己一個人回家，而是和那個很會畫畫的男孩一起回家，在教室裡，他也和他坐在同一張長椅上。在學校裡，麥提只說實話。如果有人吵鬧，麥提就靜觀其變。如果老師不問，麥提就什麼也不說，如果老師問起，而那個人又不承認，麥提就會直說，他什麼也不怕。

「是他。」麥提用手指著犯人說。

下課了。

「等著瞧，你這個間諜，你會後悔的。」

「間諜是另一回事。」麥提平靜地說：「而你是個膽小鬼，自己承認吧。」

他從來沒有和人打架，但是大家感覺得出來，他不是好惹的。

老師自己沒辦法鎮住學生，所以她不去問，是誰用腳去踢椅子，是誰突然吹口哨或大聲打呵欠。而麥提的眼神中彷彿有某種東西，只要他看搗蛋鬼一眼，那個人就會安靜下來，就像蒲克斯勳爵讓國王們安靜下來一樣。

有一天，當麥提說，他想要打雪仗，大家都很驚訝。

麥提想起了他以前在王宮和孩子們打的那場戰爭。

「要是有人被打中三次，就算死了。如果有人跌倒，就會被俘虜。」

麥提不是軍官，他和所有人一起作戰，但他自然而然就成了領袖，因為當他發號施令，所有人都會聽。他從來不會對任何人說：「欸，你又知道什麼？」他總是會聆聽每個人，如果對方說得有道理，他馬上就會同意，如果對方給的建議不好，他會修正一下，然後結果就變好了，或者他會解釋，為什麼不能這麼做。

「我們來選將軍吧。」有人說。

「為什麼？」麥提問：「我們這樣做更好：就讓每個人朝目標丟五次，我們會寫下誰丟得最準，然後我們會平均分成兩隊，每一隊都會有丟得準的人。」

就像每個地方都會有愛騙人的傢伙，有些人會故意丟不準，但是麥提馬上就看出來了。

有人則會吵說，他們丟中了，但其實沒丟中。

「我跟你們說，不可以因為這樣就生氣。」

大家本來已經要吵起來了，說溫度馬上就要回升了，或雪很快就要乾掉了，但麥提一點都不急。

「我們可以下次再打，最重要的是讓每個人都玩得開心。」

高年級也想要加入。

「現在不要，我們得先自己試試看。」

他們為這場雪仗準備了三天，為了讓大家不要無聊，麥提要他們用雪做壕溝。

已經沒有人說麥提很驕傲了。大家都喜歡麥提。他會說最多故事，而且這些故事都很奇妙、不可思議。但是麥提不想讓孩子們知道，這些是黑人的童話，所以把人物的名字改了。

麥提越來越出名，大家也越來越好奇，他到底是什麼人。他們知道，他是獄卒的孩子，但，是哪座監獄呢？

「馬欽，你看過犯人嗎？」

「人們說，只要看眼睛就能知道誰是罪犯，這是真的嗎？」

「你去過很多地方嗎？」

麥提有技巧地轉換話題，讓問的人知道，甚至沒必要來試探他。

「欸，你就告訴我們真相嘛。」

「什麼？」彷彿他猜不出別人在問什麼。

「答應我們，你會告訴我們。」

「我答應你們，等時候到了，我會把一切都告訴你們。」

喔，麥提不想、不想要這個時候到來。他在家裡和學校都過得很好，他和孩子們也相處得很好。大家人都很好，雖然有幾個比較糟糕的傢伙，但他們也努力變好，只是沒辦法。

「你以為我不知道我很愛和人吵架嗎？我也不想這樣啊，但我沒辦法。我告訴自己：從星期一開始我要改變。我努力過卻失敗了，這難道是我的錯嗎？」

另外一個人喜歡找人麻煩。

「如果我不克制自己，沒有人能受得了我。我自己也不知道為什麼會這樣，但是我喜歡看人生氣。」

「現在已經比較好了。」另一個孩子說：「但是我以前真的是個混蛋。不管是狗、母雞、乞丐、馬還是小孩，我都會用石頭丟他們，或是用棍子戳。你看看。」

然後他給麥提看他頭上、手上、腳上大大小小的傷痕。

「你看，這裡是馬踢的，這裡是我差一點用斧頭把手指切掉。這是瓶子的玻璃——流了好多血。這是狗咬的，因為我想把雪橇綁到牠的尾巴上，讓牠拖著跑。現在我長大了，所以我知道不該這麼做，但是以前——喔，老天。」

麥提會給每個人不同的建議，但他會叫每個人努力，要他們不要擔心，說人是可以改善的。

最重要的是堅強的意志。但是堅強的意志並非一蹴可幾，只能一點一滴慢慢來。比如說，你想要划船到海上的燈塔，但是你沒辦法一下子就到達，因為你會累，只能慢慢來，或者如果你是食人族那你就能辦到。

然後他開始說食人族的事，彷彿他親眼見過，而且還認識他們。

「馬欽，你覺得麥提國王真的去過食人族那裡，還是只是報紙上那麼說？」

在談話中，男孩們常常提起麥提國王。

「如果麥提國王還活著，男老師就不會抓著我們的耳朵了。」

「喔，他們本來要在這裡蓋給學校的旋轉木馬的。」

「你記得巧克力嗎？但是他只給了三次，而且沒有給所有人。」

「而在首都，大人去上學，孩子會打大人，叫大人去罰站，真是太讚了。」

孩子就像聽到了歡樂童話般大笑。而麥提感覺有點奇怪，於是沉默了下來，嘆了一口氣。

因為他有預感，沒多久，他這靜好、無憂、沒有爭戰的日子就要結束了。

麥提的預感一部分來自他自己，一部分來自報上的評論。

報紙上寫，老國王死了，而年輕的王儲再一次成了國王。年經的國王和帕夫努斯皇帝及其他兩個黃種人國王結盟，軍隊裡有人叛變，因為那些人反對年輕的國王。但是年輕的國王把反叛者槍決了，然後說他誰也不怕。他說，國王們欺騙了他，拿走了他的港口，他和憂鬱的國王永遠決裂了。

「文件是你自己簽的名。」國王們說：「國王們的合約叫做協議，不能改。」

「第一點，簽名的不是我，而是我父親。第二點，麥提在福卡法上簽了兩份文件。」

「是沒錯，但是麥提喝醉了。」

「有人命令他喝酒嗎？再說，他還活著的話是一回事，他死了又是另外一回事。」

大臣們、議員們和大使們用盡辦法勸退年輕的國王，但是所有人都看得出來，會有戰爭。誰知道？也許比之前的那場還大。

「戰爭在睡覺。」麥提想起老燈塔員的話。

戰爭在睡覺，但是它隨時都可能醒來。

麥提在上課，老師問他問題，麥提連老師問了什麼都不知道。沒有人想得到，麥提在腦中思考著多麼嚴肅的問題。

「馬欽，上課要專心。」老師溫和地提醒他。

「好的，我會試著專心。」麥提說。

老師重複了一遍剛才的內容，孩子們覺得不耐煩。

麥提的不安越來越明顯了。他不和孩子們玩耍，晚上常常嘆息。農場主人都想帶他去看醫生了，因為也許他中了邪。

然後，戰爭醒了。麥提在學校說：「老師，我不會再來學校了。謝謝老師，謝謝同學給我的一切。」

「怎麼了？」大家都驚訝地問。

「我必須去首都。」麥提艱難地吐出這些字，他眼中流下兩顆豆大的淚水，緩緩流過臉頰。

大家安靜了很久。麥提站在椅子上，用力抹了一下額頭。

「大家說麥提國王死了，這不是真的。我就是改革者麥提國王一世，只是我隱瞞了身分。」

雖然這消息如此奇怪，彷彿像是在童話中，但是所有人馬上就相信了。

他們怎麼可能這麼久都沒有猜到？是啊，沒錯，這就是麥提國王。

8.

VIII

已經很晚了。國王的辦公室中一片寂靜，只聽得到時鐘的滴答聲。

麥提坐在辦公桌前，把他寫給國王們的信再讀了一遍。

他沒多久前才和大臣們開完會，一起草擬了一封給全世界國王的信。

「現在還不算太遲。」麥提在信中寫：「如果年輕的國王打消戰爭的念頭，我們還可以坐下來和平地談，已經流了太多血了。」

然後他又寫：「我從流放中回來了，在每一處，我都和許多善良的人們和平相處，我能成功的原因是：我不想要戰爭。等我們度過這次危機，我會把我的王冠交出去，就讓我國的人民選出領袖，和他一起治理國家，我不想當國王。」

他又寫：「雖然年輕的國王百般為難我，但我對他沒有恨。我學到了許多，也明白了許多。我不想自吹自擂，但我敢說，雖然我是最年輕的國王，我知道的卻比許多大人國王多。因為孩子並沒有比大人笨，只是缺乏經驗而已。所以，我甚至很感謝年輕的國王，感謝他，讓我有了經驗，也增強了意志力。年輕的國王只認識將軍，而我也認識士兵。他只認識奉公守法的人，而我也認識罪犯。年輕的國王只認識大人，而我也認識孩子。年輕的國王只認識對他敬禮、高呼萬歲的人民，而我知道人民是怎麼生活、工作、吵架和和好的，也知道他們是怎麼照顧孤兒的。」

麥提又刪了一點東西，加了幾個句子，讓信讀起來更好看、更容易理解。隔天他會和大臣們再開一次會，然後信就完成了。

大臣也換了一批新人，從前的王宮中留下來的只有戰爭大臣、教育大臣和司法大臣，但是他們也變了。教育大臣在火車站前賣報紙時，認識了許多報童，現在他也有更多經驗了。

「我現在不覺得奇怪了。」當他們在會議休息時間喝茶時，教育大臣說：「孩子們的學習成效不佳，我現在不覺得奇怪了。有些孩子可以安安靜靜坐著，有些沒辦法。我們得讓孩子們出去遊玩，讓他們在操場上玩各種遊戲，他們必須跑跑跳跳消耗體力，不然他們就會逃學，去賣報紙，在街上跑來跑去，用跳的上電車。」

司法大臣現在也比較少談法條了。

「我當查票員的時候，學會馬上認出來，誰會誠實買票，誰會耍小手段想坐霸王車，對後者，就得留心。」

麥提看著鐘，拿起國王們的回信來讀。

「喔，這是克魯—克魯的電報。」

克魯—克魯很想來，但她沒有時間。黑人們已經開始蓋磚頭屋子了，在非洲，已經有六百四十所磚頭蓋成的學校。克魯—克魯好開心，喔，她真的好開心麥提還活著。

憂鬱的國王也寫了信來。

「這一次我不會再愚蠢上當了。」他寫道。

麥提數著，如果戰爭無法避免，他會有多少盟友。為了以防萬一，他也開始記下各種想法，這樣他才會知道要在給軍隊的公告裡寫什麼。

麥提想著，要不要找蒲克斯勳爵來。蒲克斯勳爵什麼都知道，而且很清楚要怎麼主持和國王們的會議。

麥提腦中的蜜蜂快速地飛呀飛，他想起了許多事情。

他應該寫封信給女老師和老燈塔員，這樣他們才不會以為他忘了他們。他突然感到害怕，因為他想起了以前讀過的一大袋信。

麥提去花園散步。月色皎潔，十分美麗。麥提記得花園的每個角落，他在這裡和父親一起騎馬，在覆盆子林中和菲列克見面。菲列克現在在幹嘛？喔，這裡是放煙火的地方，這裡是麥提上一次偷偷去參加戰爭時，大臣們尋找他的池塘。

一切彷彿沒有改變，但卻不一樣了。

「是這一切改變了，還是我變了？」

「嗯。」麥提想：「我從另一個世界回來了。」

突然，他好想好想溜冰。他回到宮殿，他的溜冰鞋還在原來的位置，一直都在那裡。

「我到世界各地遊歷。」麥提想：「而我的溜冰鞋一直都在同一個地方。」

於是，他穿上溜冰鞋，一個人到御花園，在月光下，在池塘附近溜了一圈又一圈。教育大臣是對的，如果有人坐了很久，那確實需要動一動。

麥提在國王的床上睡了很久。當他醒來，他問自己：我所經歷過的，是一場夢？還是真的？

國王們已經知道麥提仍在人世，因為報紙上都寫了。嗯，他們好像很高興，雖然其中也有人嚇得半死。他們很害怕麥提又要開始作亂了，但是當他們讀到麥提的信，立刻放下了心中的大石頭。

很明顯，麥提不想要戰爭。

所以他們馬上寫信給年輕的國王，叫他立刻停下大軍。要是他膽敢讓軍隊越過麥提的國界，情況會很糟。

年經的國王氣得要命。他想要一登基就打一場勝仗，這樣他的國民才會尊敬他，因為他的國民們不想要君主制已經很久了。老國王還在的時候，大家對此還睜一隻眼閉一隻眼，但是現在他們的善心額度已經用完了。到處都是民主國家，所以他們也要。

「帕夫努斯皇帝會幫助我的。」年輕的國王在戰爭會議上說。「如果我讓軍隊在此刻停下，又會有叛變。所以，給我前進！」

他想要在其他人決定怎麼做之前，先解決麥提。先打贏這場戰爭，打贏了我們再來談。

將軍們不是很高興，但是他們也發現情勢一片大糟，糟到不能再糟，所以沒有人想要扛這份責任。

所有的希望都在帕夫努斯皇帝身上，而帕夫努斯皇帝害怕黃種人國王，因為連他們都和麥提站在同一陣線了。

「你給我走著瞧。」年輕的國王說：「你答應了我，現在又反悔？」

「我反悔你又能把我怎樣？來戰我啊，我好害怕喔。大家都反對你，因為你愛搞陰謀。即使是你自己的軍隊也不喜歡你，你最好小心他們背叛你。」

小心也沒什麼用，一個人無法小心所有的事。如果整個國家都反對國王，國王一個人也無力回天。

全世界都在準備應戰。

將軍們看到情況比他們想像的更糟，於是瞞著國王祕密召開了一場會議。

「我們來假設，就算我們能成功打敗麥提好了，其他的國王也會來打我們，我們沒辦法和全世界為敵啊。」一個將軍這麼說。

而另一個將軍說：「不，親愛的各位，我們沒辦法打敗麥提的。麥提的軍隊喜歡他，而我們的軍隊不喜歡我們的國王。我們如果進攻，他們會極力防守。麥提國家的人民也還記得，我們上次打了勝仗後，是怎麼高壓統治、剝削他們的。我們還是不要談打勝仗要怎麼做，而是來談談，打敗仗該怎麼辦吧。」

然後，一個最胖的將軍站了起來，說：「哈，如果這裡沒有人有膽說出自己真正的想法，那就讓我來為大家說吧。既然我們都聚在一起，那就不要自欺欺人了。我打開天窗說亮話：我們祕密聚會的目的不是談論我們會不會打勝仗，因為如果要談這個，我們可以和國王一起談……」

他喘著大氣，眼球暴突，整張臉紅得可怕，然後他幾乎是用吼的大聲說：「我們祕密聚會，是為了背叛國王。所以就不要浪費時間了，不然我們會被抓住的。」

將軍們都很氣憤，這人竟然馬上就說了出來。

「將軍，您沒有權利為所有人發言。您口中的背叛，也許在別人口中是——嗯，是國王唯一的救贖。」

「哈，哈，哈。」胖胖的將軍大笑，笑得肚皮都在抖動了。「國王有請你們去救他嗎？不，各位，我們別裝了，我們的密會是一場犯罪。」

「所以該怎麼做？」

「有兩條路：要不就把年輕的國王綁起來交給麥提，要不就丟下他，溜之大吉。」

將軍們還在開會，而年輕的國王已經知道了一切，但是他一點辦法都沒有。他的國民、士兵、將軍和所有的國王都反對他。

他坐上馬，直接去找麥提國王。

◊◊◊

年輕的國王在壕溝前停下馬，揮舞白旗，表示投降。士兵們把他帶進團司令部，然後他又從那裡被帶到師司令部。士兵們雖知道這俘虜不是等閒人物，但直到他來到整個軍隊的司令部，才有人認出來他就是年輕的國王。他們馬上拍電報給人在總部的麥提國王。

軍隊總部就是最高司令和國王居住的地方。在和平時期，他們住在宮殿裡，而在戰爭時期，他們必須住在普通的農舍。但為了面子問題，這農舍不叫農舍，而是叫軍隊總部。

麥提命令所有人從總部出去，只剩自己留下，和年輕的國王單獨面對面。

「國王，」年輕的國王說：「您在給國王們的信中寫道，您很感謝我，因為我，您得到了經驗和堅強的意志。您說，您不恨我。所以……」

年輕的國王跪了下來。麥提覺得很不舒服，也很不好意思，年輕的國王竟然怕他怕到要在他面前下跪。

「國王，請起來。我信上寫的就是我的想法，所以您不會有任何危險。我不會向您復仇，只是我必須保護我的國家。」

麥提叫來了大臣，一起討論要怎麼做。首要的任務是，讓年輕的國王的軍隊回家，年輕的國王會暫時住在麥提的宮殿，然後看看他國家的人民如何決定。

不管是軍隊還是人民，都沒有等年輕的國王發言。軍隊馬上就回家了，而人民宣布要成立共和國。他們會付薪水給年輕的國王，免得他餓死，因為他什麼事都不會做。就讓他愛做什麼就做什麼，愛住哪就住哪吧，只是他不能再搞陰謀了。

麥提回到首都，但是他沒有看四處懸掛的國旗，也沒有看聚集在街上的群眾。他沒有聽大家高呼萬歲，也沒有聽禮炮的聲響。他知道，成功時大家都很親切和善，而只有在患難中，你才能認出誰是真正的朋友。

只有一件事讓他高興：第一次，孩子們揮舞著綠色的旗子來迎接他，而警察什麼也沒說。

下了火車，麥提馬上就去議會告訴大家，一切都結束了。他們有大臣，就讓議會和大臣自己治理國家。他只有一個請求：請他們給他找個地方工作，最好是工廠。

「我想要自力更生，我會租個房間，還會去上學。」

議員們請求麥提不要這麼做，他們想要每個月給他錢，讓他住在國王的宮殿，但是麥提不要就是不要。那就讓麥提寫回憶錄，告訴大家他當國王時做了什麼。等書出版，麥提就會有很多錢，因為每個人都會買，大家都喜歡讀關於國王、各種冒險和壞蛋的故事。

但是麥提不要就是不要。

「我會租個房間，在工廠工作，同時也去學校上學。」

一個議員有一間香菸工廠，他想要麥提去他的工廠工作。這樣大家都會知道這件事，於是會來買他生產的菸。但是另一個工廠老闆馬上說，他要提供麥提工作機會。

「我有一間香水工廠，在我的工廠空氣很香。」

大家都忘了開會的議題，只是開始大吵大鬧、爭奪麥提。

「喔，你這個騙子！」一個人大叫：「你的工廠很髒！」

「而你的又擠又黑。」

「你的工人都餓得要命，根本站不住。」

「而你的機器都這麼老舊，根本什麼都沒辦法製造。」

最後，一個工人議員站起來說：「工廠的大老闆們，你們別吵了，這裡是議會，不是菜市場。我們這麼做吧：就讓每間工廠都改善自己的工作環境，我們會成立一個委員會，一個月後，委員會會檢查所有的工廠，哪間工廠最乾淨、工作條件最好，麥提國王就會去那裡工作，我將我的建議提請表決。」

「我同意。」麥提說：「所以不用表決了，因為我會去我想去的地方工作。」

這一個月間，所有工廠老闆都緊鑼密鼓地整頓環境。他們粉刷牆壁、清潔環境，還調整了暖爐讓它變得更暖，他們裝了電風扇，給工人蓋了新廁所和洗澡間，而工廠的師傅每個都親切有禮。一個月後，每間工廠都閃閃發亮，因為每個工廠老闆都希望麥提去他們那裡工作，這樣工廠就會出名。

委員會參觀了所有的工廠，不知道要選哪間好。麥提微微一笑，說：「謝謝各位，你們都這麼努力。但是我說過了，我會去我想去的地方工作。我已經找到地方了，這家工廠不是很有錢，因為老闆不在乎營收，而是更在乎工人，所以他沒有錢去改善所有的東西，但是這間工廠的工作條件一直都很優秀。」

麥提選了一間在城市邊陲的工廠，然後開始在那裡工作。

麥提之前不知道，如果在工廠工作，就沒辦法去學校，因為沒有時間。麥提和工廠裡的人約好，他暫時會上整天的班，等一切都上手了，他會早一點把工作完成，早一點下班。大家都同意了，因為大家都知道麥提很正直，不會騙人。

同時，麥提租了一個閣樓的房間，房子的主人在那裡裝了一個鐵爐，麥提可以自己做早餐吃。

麥提在理財方面有很多困擾，他需要刷子、平底鍋、杯子，還有這個和那個。所有的東西都要買，但又很貴。

麥提很早就起來鋪床、清理鞋子和衣服、生火燒水、掃地、灑點麵包屑給麻雀吃、把咖啡倒進水壺裡，以便吃第二頓早餐的時候喝。他覺得自己一個人把這些都做好，是很令人愉快的事。麥提很快把茶喝掉，走出門去，因為工廠的笛聲很快就要響了。麥提知道他在路上會遇到誰，還有會看到什麼。

他在樓梯上會遇到正要去上學的揚內克，他會和麥提說：「你好。」院子裡，馬車伕會在清洗馬車。門房會在門口掃地。一隻狗會從商店裡跑出來，對他搖尾巴，彷彿知道牠得和麥提打招呼。

一開始，會有一些愛看熱鬧的人來煩他，這些人會站在那裡，用手指著他說：「看，麥提來了。」

「看，是麥提國王。」

但是這些人不會把注意力停留在一件事上很久，他們喜歡新的、第一次看到的東西，隨便什麼蠢事都會吸引他們的注意力，但是只維持很短的時間。所以很快他們就散去了，現在他們看到麥提也不會注意到是他。有什麼好看的呢？他就是一個和其他人一樣的男孩啊，和大家一起帶著水壺去工廠上班，晚上滿身煤灰地回到家。

但是那些安靜、穩重的人比以前更尊敬麥提了。常常是老工人第一個和麥提打招呼，還有一個小女孩，麥提經常在路上遇見她，她總是親切地對麥提微笑，和善地對他說：「你好。」

麥提不認識她，不知道她叫什麼名字，但他彷彿認識她很久了，因為他們每天都會遇到。麥提猜想，她應該是個親切、善良的人。

麥提每天也都會遇見一個老婦人，他不知道她要去哪裡，籃子裡裝的是什麼。但是他很喜歡這位老婦人，因為她就這麼慢慢地走著——她走一走會停下來，咳嗽一聲，然後用親切的眼神看一下麥提，彷彿在祝福他，或是為了什麼事感謝他。

工廠裡的人想要給麥提比較容易的工作，但是麥提不要。

「如果我比較虛弱，我就會去找別的工作。而我既然在這裡，就會像所有人一樣工作，我不想當特例。」

工廠裡的人嚇壞了，他們不想失去麥提。麥提是個好工人，而且有麥提在這裡工作，工廠也備感光榮。再說，如果有人可以當國王，卻寧願和他們一起工作，工作起來就更愉快啊。

於是，不管是在麥提居住的公寓還是在他工作的工廠，甚至在他走過的街上，大家都比以前更努力，這樣才不會失去麥提。

以前街上有許多酒鬼、小偷和無賴，警察有做不完的工作。以前街上也充滿了罵人、吼叫和告狀的聲音。現在，這一切都消聲匿跡了。有人在窗台上放了一盆花，馬上大家都在窗台上擺滿了花，這樣麥提看了會更開心。門房比以前更常掃地，男孩們也比較少丟石頭了。

有一次，麥提看到他的門把上塞了一封信，上面寫：「親愛的麥提國王，我爸爸以前是個很壞的人，他會打媽媽和孩子，還會罵人，而且不給我們錢。現在他很好，很可愛。他說：『麥提教會我，要怎麼活。』所以，謝謝你。蘇菲。」

信封裡有一張圖片，上面有一個小天使。字跡有些歪歪扭扭，麥提想：「一定是那個路上的女孩寫的。」整整一個星期，麥提都沒有遇見她，因為他選了一條別的路走，他覺得不好意思。

◇◇◇

菲列克出現了。他渾身髒兮兮、衣服破破爛爛、很不快樂。如果有個人本來就很安靜、憂鬱，那還沒什麼，但如果有個人本來很活潑開朗，卻突然因為遇上某件事而完全變了個人，那就很令人難過了。

「菲列克，你怎麼了？」

菲列克不想說，只是從他眼裡流下兩行淚水，流過他骯髒的面孔。

「告訴我，菲列克，你為什麼這個樣子？」

菲列克聳聳肩。他不想說，看來，他覺得很丟臉。嗯，那就沒辦法了。得幫助他。

「你有地方住嗎？」

「有，我住在河邊，在橋下。」

「你餓嗎？」

他不說話。

「你有工作嗎？」

「我沒辦法工作。」

「我以前也不會，如果想要的話，都學得會。」

「我沒辦法想要。」

「你可以學會想要。」

菲列克留了下來，和麥提一起住。麥提早上出門去工作，菲列克就在家裡躺著。悲慘的可憐人，就讓他休息吧。

菲列克在休息，而麥提為自己及菲列克工作。他的薪水不多，沒辦法支付兩個人的開銷，所以麥提賣了父親的手錶，試圖填補財務缺口。當麥提不再是國王，國王寶物的管理員就把他父親的鑽石戒指、他母親的耳環和這個麥提剛賣掉的手錶給了他。麥提不想要把這些紀念物賣掉，但是他必須給菲列克買床和衣服，而且現在兩個人的花費比以前多了。

菲列克坐在家裡抽菸，買了愚蠢的書來看。他彷彿在看書，但其實一整天什麼都沒做。當菲列克說，他也想去工廠工作時，麥提十分高興。

「他們會讓我去嗎？」

麥提其實已經和師傅談過了，但他不想先提起這件事，因為不想讓菲列克覺得自己是個負擔。他甚至問菲列克：「也許你還想多休息一下？」

「不。」

所以現在他們兩個人一起上工了。他們在路上談天說地，兩個人一起總是比一個人愉快得多。他們對過去發生的事閉口不談，看得出來，菲列克覺得羞恥。很明顯地，他做了一堆蠢事。

「你看，菲列克，這裡要小心一點，因為皮帶可能會被引擎纏到。兩年前，有個男孩的手被絞斷了。這裡也要注意，因為可能會被捲進齒輪裡。」

「我知道，我知道。」菲列克說。

菲列克上工還不到一個月，整個人都變得開朗了，現在他會唱歌、吹口哨，也會開玩笑。

他們肩併著肩工作，整個星期都在一起。只有星期天麥提會留在家裡，而菲列克會出門一整天。他回來得很晚，因為星期一他整天看起來昏昏欲睡。麥提不知道他是幾點回來的，因為他自己先上床了，只把門打開讓菲列克進來。

麥提不問菲列克星期天去了哪裡，因為他也不想菲列克問他一整天在家裡做什麼。

而麥提在寫作。他寫完就把筆記本藏在衣服底下，放在抽屜最底層。那有點像是童話，又有點像是真實的故事。在麥提把整本書寫完之前，他希望可以保密。

有一次他們差點吵了起來，那天剛好是星期一。

麥提早上起來，發現地板上都是泥濘和菸屁股，桌上的墨水瓶也倒了。麥提覺得很難過，因為他星期六才把一切都刷洗乾淨。

「你沒有把腳擦乾淨。」麥提說。

「我知道我沒擦，沒辦法，我不像你這麼優雅，沒有人教過我什麼是秩序。如果你不希望我住在這裡，我可以搬走。如果你對我感到厭倦了，你可以叫我走。你是這裡的主人，而我只是因為你大發慈悲才能留在這裡。」

「你是我的客人。」

「把地板弄髒了，還把墨水打翻，真是個好客人呢。」

麥提很怕菲列克會離去，所以什麼都沒說，但菲列克沒有平靜下來。

不管在家裡，還是在工廠，他都會隨便找件小事來找碴，彷彿真的很想和人吵架，不斷找理由。

他一個星期還像以前一樣活潑開朗，接下來兩三個星期又會跟人吵架，吵錘子、桌子、掛衣服的鉤子。

「我總是把大衣掛在這裡，是哪頭豬把我的鉤子拿去用了？」

他明明認得那是師傅的大衣，他是故意這樣講的。

工人們對菲列克多方隱忍，因為不想讓麥提擔心。但是他們看得出來，菲列克鬧得太過份了。

看起來，菲列克想要扔下這份工作，但是他又不想明講，只等著人家把他趕走。

麥提要不就是沒注意到，要不就是假裝沒注意到。他做著自己的事，只在有時候說：「菲列克，算了。菲列克，不要這樣，你是怎麼了？」

喔，麥提看得很清楚，菲列克就像那隻送信的老鼠，很不安，他知道自己上路的時候快到了。

◇◇◇

然後，那個可怕的星期一來了——最後一個。

在去工廠的路上，菲列克已經開始罵工廠，說那裡很可怕，誰要是在那裡工作就會生病無力。師傅們都是蠢蛋，機器又吵，而工具呢，都不能用，拿來K工廠老闆的頭還差不多。

「你真是選了個好工廠，真是可喜可賀。」

「菲列克，我沒有強迫你到那邊工作，你可以去找別的工作。」

「如果我想我就會去，不用你同意。」

他們走著，一路都沒有說話。

工廠灰色、平凡的星期一開始了。麥提站在自己的工作站前，想著他昨天寫完的童話。

「我來唸給菲列克聽，也許他聽了會平靜下來。」

因為那是一個就算是最壞的人聽了都會改過向善的童話。麥提在寫這個童話時，想著食人族、年輕的國王和他在監獄中的獄友。

他腦中想著童話，手卻沒停止工作。麥提沒看到、沒聽到旁邊發生的事。直到他聽見菲列克的大吼：「師傅，您就自己去做吧！您以為您買了我啊，喔，我好怕喔。」

然後又是：「師傅，您是個蠢蛋，一頭笨驢，比蟲還笨。」

他叫了又叫。

然後，他甚至打算去打師傅。

麥提跳了過去，抓住菲列克的手。

「菲列克，停止，你在幹嘛？」

然後菲列克用力推了麥提一把。

「喔，耶穌！」

「停下引擎！」

「把皮帶拿下來！」

「來人啊！」

這一切持續不到一分鐘，他們停下了機器，麥提倒在一灘血泊裡。

「還活著……」

「快找醫生……」

菲列克站著，看著，看著，揉揉眼睛，看著。所有人都遠離了他，也在看著。大家都不敢動，一片寂靜，沒有人說話，大家都在等。

但是有一個老工人，他在這裡工作了三十年，什麼都看過了。正是他第一個有勇氣，把所有人都知道的事說了出來：「沒救了……」

◊ ◊ ◊

麥提躺在醫院裡，醫院給了他一間單人房。

手術成功了，麥提清醒了過來。他握了握醫生的手，謝謝醫生讓他活了下來。如果他馬上就死了，那就糟了，因為他還有想說的事。麥提閉上眼，試圖回想，他還想要說什麼。

他很虛弱，他睡著了，然後又醒了過來。

「請把我的日記本拿來給我。」

一輛車火速趕到麥提的房間。

全城都知道，麥提醒了過來，大家心裡又充滿了希望。

「我們正在救麥提。」醫生們說：「一定得成功。」

他們給麥提拿來了他的盒子，裡面用綠色的皺紋紙包著他的寶物：小貝殼、小石頭、乾枯的葉片、黑色的糖、媽媽的照片、國王的鑽戒和王后的耳環。

麥提的左手是好的，他把這些東西一個一個拿起來看，然後微笑了。

全城都知道，麥提微笑了。

麥提在睡覺，麥提醒了，麥提喝了牛奶。

孩子們很高興，醫生們很高興，全城都很高興。

麥提又發燒了。

大家都很憂鬱，麥提又發燒了。

他叫菲列克過來。

大家以為，麥提忘了菲列克。麥提需要安靜，如果他看到菲列克，他搞不好又會生氣。就讓他來吧，待在附近，但是不要讓他進去，也許麥提會忘記。

而麥提睡著了。當他張開眼睛，他的眼神彷彿在等待，直到他終於等到了。

「克魯—克魯來了嗎？」

是的，昨天剛到。無線電報一帶來這個可怕的消息，克魯—克魯就拋下了一切，搭著飛機、軍艦、火車、一路上沒有喘息地來到了麥提的首都。

麥提應該是有感覺到了，因為他用比平常大的音量說：「叫克魯─克魯和菲列克過來找我。」

他們在麥提的床前跪下。

「菲列克，擔心。克魯─克魯，這是我最後的請求……」

寂靜。麥提累了。

「菲列克，把這個戒指拿去吧。克魯─克魯拿這個耳環。菲列克，你在這裡很難生活，和克魯─克魯一起走吧，然後等你們長大……」

麥提開始咳嗽，他微笑的嘴角出現了血。他閉上眼睛，然後就再也沒有睜開了……

全城都知道，麥提死了。

然後是全國。

然後是全世界。

◇ ◇ ◇

麥提被埋在無人島高高的山丘上。阿羅和阿拉用花裝飾了麥提的墓。而在墓上方，金絲雀在歌唱。

延伸閱讀

- 《麥提國王執政記》（2018），雅努什・柯札克（Janusz Korczak），心靈工坊。
- 《如何愛孩子：波蘭兒童人權之父的教育札記》（2016），雅努什・柯札克，心靈工坊。
- 《轉大人的辛苦：陪伴孩子走過成長的試煉》（2016），河合隼雄，心靈工坊。
- 《青春的夢與遊戲：探索生命，形塑堅定的自我》（2016），河合隼雄，心靈工坊。
- 《當我再次是個孩子：波蘭兒童人權之父選集》（2019），雅努什・柯札克，網路與書出版。
- 《跳舞的熊》（2018），維特多・沙博爾夫斯基（Witold Szab owski），衛城出版。
- 《小小的穩定：波蘭百年經典劇作選》（2017），維卡奇（Stanis aw Witkiewicz ／ Witkacy）、魯熱維奇（Tadeusz Ró ewicz）、瓦恰克（Micha Walczak），開學文化。
- 《人，你有權利》（2017），瑪格澤塔・凡葛潔茨卡（Malgorzata Wegrzecka）、伊沃娜・札別絲卡—斯達德尼克（Iwona Zabielska-Stadnik），玉山社。
- 《我是小孩，我有權利……》（2017），阿朗・賽赫（Alain Serres）著、奧黑莉婭・馮媞（Aurélia Fronty）繪，字畝文化。

- 《透明的小孩：無國籍移工兒童的故事》（2017），宰佳慧著、陳昱伶繪，字畝文化。
- 《獄卒不會死》（2013），林文蔚，寶瓶文化。
- 《好心的國王：兒童權利之父——柯札克的故事》（2012），湯馬克．包格奇（Tomek Bogacki），親子天下。

Story 022

麥提國王在無人島

Król Maciuś na wyspie bezludnej

雅努什・柯札克 Janusz Korczak—著　林蔚昀—譯

出版者—心靈工坊文化事業股份有限公司
發行人—王浩威　總編輯—王桂花
責任編輯—林妘嘉　內頁排版—李宜芝
封面設計—蕭佑任　插畫—鄒享想
通訊地址—10684台北市大安區信義路四段53巷8號2樓
郵政劃撥—19546215　戶名—心靈工坊文化事業股份有限公司
電話—02）2702-9186　傳真—02）2702-9286
Email—service@psygarden.com.tw　網址—www.psygarden.com.tw

製版・印刷—中茂分色製版印刷事業股份有限公司
總經銷—大和書報圖書股份有限公司
電話—02）8990-2588　傳真—02）2290-1658
通訊地址—248新北市新莊區五工五路二號
初版一刷—2019年11月　ISBN—978-986-357-164-3　定價—360元

Król Maciuś na wyspie bezludnej
This book has been published with the support of the ©POLAND Translation Program.
本書由波蘭圖書協會補助部分翻譯費用出版

國家圖書館出版品預行編目資料

麥提國王在無人島 / 雅努什.柯札克(Janusz Korczak)著；林蔚昀譯. -- 初版. -- 臺北市：心靈工坊文化, 2019.11
面；　公分. -- (Story ; 22)

譯自：Król Maciuś na wyspie bezludnej

ISBN 978-986-357-164-3(平裝)

882.157　　108017513

書香家族 讀友卡

感謝您購買心靈工坊的叢書，爲了加強對您的服務，請您詳填本卡，
直接投入郵筒（免貼郵票）或傳眞，我們會珍視您的意見，
並提供您最新的活動訊息，共同以書會友，追求身心靈的創意與成長。

書系編號－ST022　　書名－麥提國王在無人島

姓名　　　　是否已加入書香家族？ □是 □現在加入

電話（公司）　　（住家）　　手機

E-mail　　生日　　年　　月　　日

地址 □□□

服務機構／就讀學校　　職稱

您的性別─□1.女 □2.男 □3.其他

婚姻狀況─□1.未婚 □2.已婚 □3.離婚 □4.不婚 □5.同志 □6.喪偶 □7.分居

請問您如何得知這本書？

□1.書店 □2.報章雜誌 □3.廣播電視 □4.親友推介 □5.心靈工坊書訊
□6.廣告DM □7.心靈工坊網站 □8.其他網路媒體 □9.其他

您購買本書的方式？

□1.書店 □2.劃撥郵購 □3.團體訂購 □4.網路訂購 □5.其他

您對本書的意見？

封面設計	□ 1.須再改進	□ 2.尚可	□ 3.滿意	□ 4.非常滿意
版面編排	□ 1.須再改進	□ 2.尚可	□ 3.滿意	□ 4.非常滿意
內容	□ 1.須再改進	□ 2.尚可	□ 3.滿意	□ 4.非常滿意
文筆／翻譯	□ 1.須再改進	□ 2.尚可	□ 3.滿意	□ 4.非常滿意
價格	□ 1.須再改進	□ 2.尚可	□ 3.滿意	□ 4.非常滿意

您對我們有何建議？

□ 本人＿＿＿＿＿（請簽名）同意提供真實姓名/E-mail/地址/電話/年齡/等資料，以作為心靈工坊聯絡/寄貨/加入會員/行銷/會員折扣/等用途，詳細內容請參閱：http://shop.psygarden.com.tw/member_register.asp。

廣告回信
台北郵局登記證
台北廣字第1143號
免貼郵票

台北市106信義路四段53巷8號2樓

讀者服務組 收

免貼郵票

（對折線）

加入心靈工坊書香家族會員
共享知識的盛宴，成長的喜悅

請寄回這張回函卡（免貼郵票），
您就成為心靈工坊的書香家族會員，您將可以——

⊙隨時收到新書出版和活動訊息

⊙獲得各項回饋和優惠方案